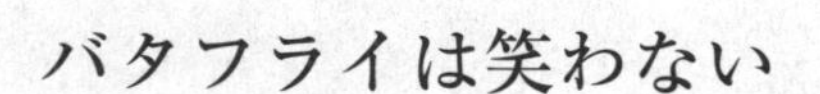

バタフライは笑わない

北川　ミチル

Kitagawa Michiru

文芸社文庫

目　次

バタフライは笑わない

プロローグ　*Prologue*

　自分が正気なのか狂っているのか、みんなはいったいどうやって判断しているんだろう？　精神状態を測るリトマス試験紙みたいなものがあったらどんなにいいだろう。ぺろっと舐めてみて、青かったらまだ正常、赤くなったら――はい、あなたは狂ってます。

　……今、そんなリトマス試験紙があったとして、自分はそれを舐める勇気があるだろうか、と夏子(なつこ)は顎(あご)から汗を滴らせながら考えていた。

　十五歳の高校一年生が、バッグにバタフライナイフを忍ばせてほっつき歩いている、それがフツウじゃないということくらいは夏子にだってわかっている。不登校になって三か月くらいほとんど家から出ない、それがマトモじゃないこともわかっている。引きこもりと言われても仕方がない生活なのもわかっている。本当は部屋に閉じこもってなんていたくない。でも日中は人の視線が怖くて出られない。素っ裸で放り出されるような感覚に襲われて、玄関のドアを開けるだけで息もできなくなってしまう。

だから明け方か雨の日にしか家から出られない。

自分のことはちゃんとわかっている。だからまだ私は狂ってなんかいない……そうつぶやきながら夏子はショルダーバッグの中のバタフライナイフを握りしめた。これを手に入れることができたのは天啓としか思えない。自分でも驚くほどあっさり手に入れることができた。店員に「何に使うの」と聞かれることを予想して「プレゼントです」という返事を用意しておいた。その台詞を道すがら何度も練習してきたくらいだ。未成年にバタフライナイフは売れないよ、と言われる可能性は高かった。でも私は冴えている、と夏子は自分を誉めてやりたくなった。選んだ店がよかった。「ゾンビホーテ」というふざけた名前のその店は千葉街道沿いにあった。外観でなんとなくいかがわしい店であることはわかっていた。一度だけ肝試し気分で入ってみたことがある。やっぱり店内も負けず劣らずいかがわしかった。その時はすぐに出たが、エアガンとかハーブとかヌンチャクとかと一緒に、たくさんのナイフ類が飾ってあったのをなぜか覚えていた。そしてそれはやっぱりちゃんとまだあった。ガラスケースの中で、私を使って、と訴えかけるかのように光り輝いていた。九千円と高価だが、その価値は十分にあると思った。

色の浅黒い外国人の店員に、これください、と小さな声で告げた。足はちょっとがくがくしていたが、声はそれほど震えずにすんだ。スマホに熱中していた青年は無表情な顔でチラと夏子を見、それからケースの中のバタフライナイフを見た。そして後ろの棚から箱を取り寄せると、バーコードにさっとかざして袋に入れて差し出した。夏子は震えないように注意しながら一万円札をトレーに載せてお釣りを受け取った。店にいたのはせいぜい五分かそこらだった。

いそいで近くのトイレに駆け込み、マスクを外した。汗が額から零れ落ちるのもかまわず、包装を引きちぎった。ロックを外して刃を立てた。刃渡りはおよそ十五センチ。角度を変えてみると刃先がキラリときらめいた。胸が震えた。手にした力強い重さと、握ったフィット感は完璧だった。まるで自分の掌に合わせて作られたかのように。これほど完璧に自分に合ったものを手にしたのは生まれて初めてかもしれない。夏子はうっとりしながらしばらくその感触に酔っていた。

トイレから出ると真夏の狂ったような太陽の光が降り注いでいた。景色が歪んでしまうほどだ。恍惚とした足取りで通りを歩いていくと、八百屋の店先にトマトが並んでいた。籠(かご)に盛られた三つの真っ赤なトマト。小ぶりだが形がよく鮮やかだ。表面はつやつやして張りがある。視線を逸らすことができない。夏子は刺すような視線でトマトを凝視していた。

店先ではねじり鉢巻を頭に巻いたおじさんが、さあいらっしゃい取れたてだよ、と元気に声をはりあげている。夏子は魅入られたようにトマトに視線を注いだまま立ちつくしていた。トマトのつやつやした表面にあの三人の顔が浮かんでいるように見えたからだ。それが暑さのせいなのか、バタフライナイフのせいなのか、正気を失い始めているからなのか、自分でもよくわからないままでいた。

「どうお嬢さん、美味しいよお、そのトマトは。あまくて酸味もあるよお」

「そのトマト腐ってないですか」

思わず夏子は聞いていた。え？と一瞬戸惑ったような顔になったおじさんだったが、さすが客商売らしくすぐに笑顔に戻った。冗談だと思ったのだろう。

「ハハハ、見ての通り完熟一歩手前、今がいちばんの食べごろだ。お嬢さんにはトクベツに半額にしちゃうよ？」

夏子はうなずいて財布を取り出した。残っていた硬貨を渡し、袋を受け取った。

「おじさん、このトマト――」

言いかけたがやめた。この人に言ってみたところで仕方ない。おじさんの訝しげな視線を無視し、夏子は礼も言わずに背を向けた。おじさんは何もわかっていない。三つのトマトはおいしそうに見える、でも中身は腐っているのだ。

そしてそれは、刺し貫かれねばならない。

このバタフライナイフで。

1　クロスオーバー　*Crossover*

「あれ、な、なっちゃん！」

うつむいて歩いていた夏子は、ぎょっとして飛び上がりそうになってしまった。知り合いには絶対会いたくなかったので、駅前の裏路地を足早に歩いているところだった。心臓が毬（まり）のように跳ね上がった。反射的にナイフを取り出しそうになったが、寸でのところで踏みとどまった。そのかわりにショルダーバッグに入れた右手で柄（え）が砕けるほど握りしめていた。思わず睨（にら）みつけるようにして視線を走らせる。そこには同い年くらいの女が立っていた。私服だが格好は地味だ。痩（や）せていて背はけっこう高い。知った顔ではないことにひとまずほっとした。でも誰だろう、この子？

「ご、ごめんね、きゅ、急に呼び止めたりして」

夏子の刺すような視線に戸惑ったのか、気の毒になるほど真っ赤になっている。そのうろたえた様子と話し方でやっと気づいた。小学生の時に一緒になったことがある。そういえばこの子は吃音症（きつおんしょう）だったよな、と夏子は思い出した。

「ああ、沙耶花……だよね？」

「わあ、ちゃ、ちゃんと憶えていてくれて、う、うれしい！」

とても懐かしい昔の友だちに会えた時のように沙耶花は息を弾ませている。それが夏子にはよくわからなかった。沙耶花とは六年生の時に一度だけクラスが一緒になった、というそれだけの関係だ。幼馴染でもなければ、一緒に遊んだこともない。クラスでも席が離れていたし、しゃべった記憶もほとんどないのだ。うれしがられるほど親しい関係ではまったくない。夏子にとってはほとんど忘れかけていた知り合いだった。

「元気そうじゃん」

「うん、げ、元気元気！」

まるで小学生のように両手でガッツポーズをしながら沙耶花ははじけるように笑った。確かに元気そうではあった。六年生の頃は病気がちでしょっちゅう学校を休んでいた記憶しかない。肩まである髪と痩せた体は以前と同じだが、ずいぶん背が伸びている。白い肌で整った顔立ちは美少女と言えなくもない。ただ、顔立ちにインパクトがないので目立ちはしないタイプだ。髪型と色白のせいで田舎の物置にしまわれた日本人形みたいに見える。でもこの子、こんな明るかったっけ？

「それにしてもよくわかったね、私のこと」

夏子にはそれが不審だった。こうして面と向かってみれば沙耶花とわかる。でも、この人通りの多い駅前だ。すれ違っただけなら絶対に気づかなかっただろう。それに私はこの三か月あまりで見掛けがずいぶん変わった、と夏子は思う。鏡に映る顔を見て、これが私？　と自分でも愕然とするくらいなのだ。目の下にはうっすらと隈（くま）ができ、目つきが異常に悪い。化け猫みたいな目をしている。だからなるべく鏡を見ないようにしていた。

「もちろん、ひ、一目でわかったよ」

沙耶花はにこにこしながら無邪気に笑った。

「じ、実は前にも何度か、み、見かけたことがあったんだ、駅とかで。で、でも登校中とかで声をかけられなかったの。は、は、話しかけたかったけど」

二人に話すことなんてなんもないでしょ、と夏子は思った。あの頃の沙耶花は、はっきり言えばいじめやからかいの対象だった。男の子たちは病原菌とか口裂け女とか呼んでいた。沙耶花の口が大きいわけではない。むしろ小さいくらいだ。でも、病弱で風邪をひいては咳き込むため、しょっちゅうマスクを付けていたせいでそう呼ばれていたのだ。そしてもちろん吃音のせいもある。男子たちは容赦なく、「ビョ、ビョ、ビョウゲンキーン」とからかっていた。

もっとも、男子の単純な悪口などかわいいものだ。女子はもっと陰険で巧妙だ。夏子はイニシアチブを取って沙耶花をいじめていたわけではないし、あからさまに何かをしたわけではない。でも素知らぬふりを通したし、場合によってはおもしろがって見ていたこともある。そういう関係なのに、話しかけたりするものだろうか、フツウ？　沙耶花はまるで初恋の人に会ったかのように顔を上気させ目を輝かせている。

　声をかけられた時は電流を流されたみたいな衝撃を受けたが、夏子は自制心を取り戻していた。鼓動はまだ速いが、三か月ぶりくらいに他人(ひと)と話をするにしては言葉が自然に出てきた。それは沙耶花が夏子以上におどおどしていたからだろう。沙耶花はまだ赤い顔をしたまま、絞り出すような声でこう言った。

「ねえ、なっちゃん、ス、スコーン好き？」

　なっちゃんという呼ばれ方にも違和感をおぼえた。なっちゃんと呼ばれるほど親しい間柄ではぜんぜんないのに。だいたい、あの頃まともに話したことなどあっただろうか？

「え？　ああ、別に嫌いじゃないけど」

「す、すごくおいしい店があるの、い、い、一緒に行かない？」

　昨日の昼から何も食べていなかったが食欲はほとんどなかった。

「今、お腹減ってないんだ」

「じゃ、じゃあ、飲み物だけでも。す、す、少しお話ししましょうよ」

沙耶花は真っ赤になったままもじもじしている。まるで、好きな男の子に初めて告白しているような感じで、そのうろたえ方はほとんど挙動不審に近かった。別に話すことなど何もないし、スコーンも食べたくない。でも喉がカラカラだった。炭酸系の飲み物がほしかった。さっさと飲んで帰ればいい。財布にはまだ飲み物代くらいは残っている。そう思って夏子はうなずいた。

一瞬だけだが、もしかしたらこいつフリってるんじゃないか、という考えがふと頭によぎった。復讐――弱々しげなバンビを演じて誘い込み、罠にかかったら袋叩きとかって筋書きだ。ふんっ、それならそれでかまわないと夏子は思った。上等じゃないのよ、こんな小娘返り討ちにしてやる。なにしろ私にはこれがあるんだから。いや、こんな華奢(きゃしゃ)で弱っちそうな子には必要ない、素手で十分だ。バタフライナイフは、あいつらのために手に入れたのだから……。夏子はショルダーバッグの中のそれを握りしめた。

2　ストップモーション　*Stop motion*

二人並んで歩き出してすぐだった。路地から駅へと向かう大通りで、

「あっ、弓削(ゆげ)さん！」

と言って沙耶花が立ち止まった。歩き始めて十歩も進んでいない。沙耶花の視線の先には銀行があり、一人の男が出てきたところだった。

げっ、なにこいつ……夏子の目は点になっていた。

そこにはド派手な格好をしたスキンヘッドのゴリラのような変なのがいた。背は男としてはそれほど長身というわけではない。でも唖然(あぜん)とするほどのマッチョだった。上腕筋は盛り上がり、胸は分厚く、首は顔が小さく見えるほど太い。肩の筋肉が盛りあがりすぎて首をうずめているといった感じだ。明らかに格闘技をやってますという体形だ。でなければ筋金入りのボディビルダー。

「あらぁ、ポッチョ、この辺で会うの何度目かしら、あっ、ここポッチョの最寄り駅だもんね、会うの当たり前か、ウフフ」

あまりの衝撃に夏子は手にしていたバッグを落としかけた。な、なんだこいつ……。甲高い声とその話し方はコントかと思えるほどだった。オカマ以外の何ものでもない。でもこの見てくれと筋肉でオカマは無理がありすぎるでしょ。しかも頭は光り輝くスキンヘッドだ。キモイ、とかいう感想をはるかに超えるオーラがビシバシと出まくっていた。

どん引きの夏子の隣では、そんな素振りをまったく見せず、沙耶花がごく自然ににこやかに挨拶を交わしている。沙耶花の口調は、幼馴染の近所のお兄さんと話しているかのような、緊張感のかけらもないものだった。夏子と話している時よりずっとリラックスしている感じだ。そのうえ親しげで楽しそうだ。

「あら、あらやだポッチョ、そのローファーめろめろにイケちゃってるじゃない？」

ありがとうございます、と朗らかに言いながら沙耶花はにっこり笑って頭を下げる。横目で見る。作り笑いではない。まるで心から許しあえる友だちに会った時のような顔だ。完全にリラックスモード。でもなんなのよ、ポッチョって。

「弓削さんの赤いシャツもとっても素敵です」

沙耶花がお愛想を返す。それ、正気の台詞？　……夏子は絶句したまま言葉も出ない。ゴリラのくせに、男は白のスリムジーンズに真っ赤なシャツという凄まじい格好をしていた。赤いシャツが胸の筋肉ではちきれそうなのはぎりぎり許せるが、白のスリムジーンズはムッチムチ、まるで『白鳥の湖』の王子様のタイツのようだ。恐ろしすぎてベルトから下のあたりで視線が自然に泳いでしまう。

「あっ、やっぱり？　ヴェルサーチよこれ」

信じられないことに、男はバレリーナのように爪先立ちでその場でくるっと一回転してみせた。あまりのことに、夏子は手にしていたバッグを今度はホントに落としてしまった。飛び出た物を慌ててしまいこみながらバッグを拾い上げる。こいつ、頭がおかしいのか？　だいたい、こんな格好をした男が銀行に入っていいのだろうか？　銀行は何も言わないのだろうか？

「あたし、燃えるような赤が好きなの。赤を着ると気持ちも乗ってくるのよ、ヴィヴァ・レッド！　なんちゃって」

男のハイトーン・ヴォイスと話し方は、酔っ払っているというよりクスリでもやってるんじゃないかと思えるほどだ。見かけもしゃべり方も完全にイっちゃってる人、という感じだ。目の輝きも尋常ではない。

「ポッチョもたまには赤を着なきゃだめよ、赤を。あなたはいつもモノトーンだから」

「ハイッ、今度試してみます」

沙耶花はあくまで明るく元気よく返事をしている。第三者から見れば異様きわまりない組み合わせなのに、二人の会話はいたって自然だ。違和感がまったくない。でもポッチョってなんなのよ？　夏子の頭はまったく働かないままだ。

「あ、そうそう、ポッチョ、胸下の具合はどう？」

「ハイッ、大丈夫です。まだ痣は残ってますけど」

「んもうっ、痣が残ってるなら大丈夫じゃないでしょ。あなたったら、何でも大丈夫って言うんだから。どれ、ちょっと見せて御覧なさい」

　バカかこいつ、こんなところで。ヘンタイかよお前は、と夏子が思っていると、沙耶花はこれまたハイッと元気よく返事をし、なんとブラウスを上までめくり上げてしまった。何のためらいもなく、ブラジャーぎりぎりのあたりまでだ。思わず声をあげそうになるのを寸でのところでこらえる。

　ちょっ、ちょっと何してんのよ！　ここ駅前広場よ、目抜き通りのど真ん中よ、何考えてんのよ……度肝を抜かれている夏子をよそに、男は中腰になって沙耶花の胸の下あたりを覗き込んでいる。あまりにもシュールな光景、というか犯罪すれすれの状況に夏子は言葉も出ない。

　道行く人もぎょっとした様子で立ち止まるのがわかった。それはそうだ、色白痩身の女子高生がシャツをめくり上げて肌をさらし、スキンヘッドの筋肉オバケみたいなのが中腰になってそれを覗き込んでいるのだ。どう考えても犯罪だろう。警官が傍にいたらこの場で現行犯逮捕は確実だ。アメリカだったら即座に射殺されるに違いない。

「あらやだ、だめよ、まだかなり内出血してるわ」

固まりながらも夏子は視線だけを動かした。男の言う通り、沙耶花のわき腹、白いブラジャーの右下辺りに、赤紫色の痣がくっきりと浮かんでいた。色白なだけにかなり痛々しい感じで、思わず目を背けたくなる。でも、そんなことより、もっと目を背けたくなるのはこの二人の異常な行動だろう。そもそもこんな真っ昼間、公衆の面前で、柔肌をさらしていいんだろうか。沙耶花は痩身だから中学生のようにしか見えない。胸がほぼ平らなのが救いだが、そういう問題じゃないような気がする。花も恥じらう乙女でしょうに。

「でも痛みはもうあんまりないんです」

なおも夏子は固まったまま沙耶花の顔をうかがった。でも、沙耶花はシャツを胸ぎりぎりまでめくり上げたまま、顔色一つ変えていない。スカートが風でめくれたほどの動揺もない。さっき夏子に声をかけた時は、パプリカのように顔を赤くしていたというのにだ。恥じらう場面を完全にまちがえているとしか思えない。

視線を巡らすと、周りの人たちが、監督に静止を命じられた映画のエキストラのように、動きの途中のまま固まってしまっている。サラリーマン風のおじさんは、タバコに火をつけようとして右手にライターを持ったまま停止している。ベンチで赤ん坊を抱いた若いお母さんは、哺乳瓶を浮かせてやはり凍結している。佐川急便の制服を着たお兄さんも箱を抱えたまま交差点でフリーズだ。笑える光景だが、もちろん誰も笑ってはいない。状況的には、ドドマッチョの変質者がイタイケな美少女のスカートをめくり上げて覗き込んでいるというのに近かったからだ。誰もが犯罪の匂いを感じながらも、あまりにも異様すぎて目の前の状況を判断できない、といった感じで固まっている。

ぎょっとしているうちに、男はおもむろに沙耶花の胸に手を伸ばした。夏子はあやうく悲鳴を上げそうになった。まるで変質者に自分の乳房を撫でられたような衝撃が全身に走った。こ、こいつ、なにやってんのよ！……でもあまりの衝撃で声を上げることもできない。呪いにかけられたエジプトの王子のように硬直したまま動けない。男は分厚い手を広げて、沙耶花の胸の下を撫でているが、沙耶花は一ミリの動揺も見せずにされるがままになっている。まるで小さな女の子が、お父さんに軟膏を塗ってもらっているような感じだ。ありえないって！　と夏子は胸の中で叫んでいた。どっからどう見ても怪しく危ないこんな男に、素肌を、しかも胸の下を触らせないでしょフツー？　撫でてる男も異常だが、されるがままになっている沙耶花も狂っているとしか思えない。

「どう、ここ、痛い？」

失神寸前の夏子の目の前では、なおもつるっぱげの筋肉オバケが沙耶花の胸の下を撫で撫でしている。

「平気です」

「じゃあ、ここは？」

「あ、ちょっと痛いです」

異様すぎる光景だった。野獣と少女のお医者さんごっこ……背筋が寒くなる。目を背けたくなるような光景のはずだが、当の本人である二人はしれっとしたままだ。手相を見せ合っているくらいの気軽さだ。こいつら、自分たちが何をやっているのかわかっているのだろうか？　ここがどこかわかっているのだろうか？

「まだダメよ、これじゃ。ポッチョ、あたしがあげたお薬ちゃんと三回塗ってる？」

「あ、すいません。夜しか塗ってません」

「ダメよダメダメ。あなた、怪我はスウィートに見ちゃいけないわ。怪我をいかに早く完治させるのかも重要なことなんだからね。今日から、しっかり朝昼夜寝る前、ちゃんと塗りなさい。あれ、効くんだから。いい？」

「ハイッ、すいません。そうします」

沙耶花は背筋を伸ばしたまま体育会系的な返事をする。ようやくのことで男が姿勢を戻し、沙耶花もブラウスを下ろした。蠟人形のように固まっていた周りの人たちも、呪いが解けたようにゆらゆらと動き出す。だがあまりの衝撃的な光景が頭から去らないのか、足取りはみな夢遊病者のようだ。足が宙を掻いている。夏子の頭も思考停止のままだ。棍棒で脳天をぶん殴られたように、脳みそがさっぱり働かない。

その時、ゴッドファーザーのテーマが鳴り響き、ゴリラがポケットからスマホを取り出した。

「あっらぁジョバンニ、おひさしブリットニー・スピアーズ！ なんちゃって」

二オクターブ上げた素っ頓狂なその声に、ようやく夏子の呪いも解けた。ハンカチをバッグから出して額の汗を拭う。ナニモンよ、こいつ。そしていったいどうゆう関係なんだ、この二人は。接点が何もない。一ミリもない。

「やだっ、もうっ、ジョバンニったら、ウフフ、あら、あたし？ あたしはもうフルスロットルよ。じゃあさっそく二丁目でねっ」

ハイテンションのままスマホを切ると、沙耶花に視線を戻した。そして、今までの口調も変え、まるで岸壁の母みたいな慈愛にあふれた声でこう言った。

「ねえ、ポッチョ、面倒くさがらずにちゃんと三回塗るのよ、いい？」

あまりの声音の落差に夏子は体を仰け反らせたが、沙耶花はびくともしていない。

「ハイッ、わかりました」

そう言ってぺこりと頭を下げている。沙耶花の態度は従順そのものだ。ついさっきまでブラジャーぎりぎりまでブラウスをめくり上げていた女とはとても思えないし、狂っているとも思えない。

「じゃ、あたし行くから。ヘーイ、タキシー！」

人差し指を立て天に突きつけると、隣の駅まで聞こえそうなほどの大きな声で叫ぶ。周りの人がまた一瞬静止するほどだが、男はまったく気にしてない。というか、最初からぜんぜん気にしてない。タクシーがまるでタイミングを計っていたかのように急停止してドアが開く。

「今日は無理だけど、明日は出るからね、バイビーフストロガノフ！　なんちゃって」

巨体には似合わぬ素早いモーションで乗り込むと、窓から投げキッスをした。タクシーはタイヤをきしませるようにして発車すると、黄色すれすれで信号を突破し、交差点を猛スピードで駆け抜けていった。

しばらくの間、夏子は棒立ちのままタクシーの去った方向に視線を送っていた。タクシーはとっくに見えなくなったというのに、まだ沙耶花は愛しい人を見送るように手を振り続けている。船出した漁師の父を、浜辺で見送る娘のように。現実感がひどく希薄に感じられた。

「……ねえ、一つ聞いていい？」

一分くらい経ってから、ようやく声を搾り出すようにして隣の沙耶花に聞く。

「うん、何？」

「あれ、何？」

「あ！　そ、そうだ、わ、忘れてた！」

沙耶花が苦もなく質問を無視して頓狂な声を上げる。いや、無視したというより、もっと大事なことを思い出してそっちを優先したという感じだった。この子には昔からこういう傾向があったような気がすると夏子は思った。死ぬほどマイペース。

「ね、い、今、何時？」

「え？　えーと、もうすぐ二時だけど」

「う、うそっ！　い、急がなきゃ、は、早く早く！」

「え？　何、どうしたの？」

「お、遅れちゃうよ！」

そう言って夏子の腕を取ると、引っ張るようにしてぐんぐん歩き出す。いったいぜんたい何なのこいつ？　夏子はさっぱりわからなかった。でもこの子、さっきぜんぜんどもってなかったな……。

3　カンタベリー　*Canterbury*

沙耶花に引っ張っていかれたのは、駅近くにあるパティスリーだった。カンタベリーというその店を夏子も知っていた。美味しいと評判の人気店で、一時から二時までの一時間は、スコーンが半額になる。店の前に着いた時、二時ちょうどくらいだった。大急ぎでスコーンをいくつか選んでトレーに載せる。

「ああ、も、もうだめかな、に、二時過ぎちゃった……」

銀のトングを握りしめて沙耶花が泣きそうな声で囁く。数分前まで、ハイッ大丈夫です、と小学生のように元気にしゃべっていた女とはとても思えない。

「へーキだよ、ちょこっと過ぎただけじゃない」

「で、でも時間過ぎてるし、も、もう、だ、だ、だめじゃない？」

さっきまでのハキハキしていた様子は完全に消えておろおろしている。とてもかまっていられない。夏子は沙耶花を振り切ってレジに突進した。

「まだ大丈夫ですよね」

そう言いながらトレーを突きつけた。横では赤い顔をうつむけて沙耶花がもじもじしている。

「えっと、タイムサービスは二時で終了なんですけどぉ」

レジの若い女の店員が面倒くさそうに返事をして、わざとらしく壁の時計に視線を向ける。針は二時五分を指そうとしていた。

「でも店の前の自転車よけるので時間かかっちゃったし、あんなとこに自転車停められたら店にも入りづらいし、それはこっちのせいでもないし」

夏子は店員の目を見据えながら淀みなく言った。女は、何よこいつというようなむっとした顔をしている。やるのか、上等じゃないのよこのクソ女、夏子は睨み返す。すると傍にいた白い帽子のおじさんが割って入った。

「ああ、そうだよね、確かに自転車邪魔だよね。気をつけてはいるんだけどね、ごめんごめん。早くお会計してあげて、もちろんタイムサービスで」

さあ早く、おじさんは早口でそう言ってレジの女に目配せをした。顔に浮かべた作り笑いが、頬の辺りで引き攣っていた。

二人はトレーを持って、店の奥のテーブル席に移動した。夏子は三か月間ろくすっぽしゃべっていなかったのに、あんなに言葉がスラスラ出てきたことに自分でも驚いていた。たぶんそれは、バッグの中のバタフライナイフを握りしめていたせいかもしれない。もちろんこんなところで突き出すつもりは毛頭なかったが、握りしめているだけで不思議な力が与えられているような気がした。でも、自分がしゃべったとも思えなかった。以前の私ならとてもあんな態度はとれなかった。あんな質の悪いごり押しなんて絶対にできなかった。私はこの先、どんどんいやな女になっていくんだろうな、と夏子は思った。人に好かれる、ということは以前の夏子にとってとても重要なことだった。みんなに好かれる人になりたいと思っていた。特に、仲のいい友だちには好かれる存在でありたい、そう思っていた。でももう人からどう見られようとかまわない、誰に好かれようとも思わない――そう開き直るとあういう性根の腐ったような態度になるんだな、と他人事のように思った。クソ女はまさに自分のことだろう……。

「なっちゃん、す、すごいね、ホ、ホントすごい！」

夏子はちょっとぼんやりしていたが、反対に沙耶花は興奮した様子ですごいを連発していた。夏子はそんな沙耶花の反応にちょっと驚いていた。あんな柄の悪いごり押しが「すごい」のか？「すごい」の使い方がまちがってない？マトモな人が目にしたら眉を顰めるはずの態度だろう。でも沙耶花は昔からなんとなくズレている子だった。変な部分で感心している様子のほうが、夏子にとってみればよほど変だった。だいたい、あんなごり押しより、駅前広場でブラウスを胸までめくり上げるほうがずっとすごいでしょうに、と夏子は思う。

沙耶花と話すことなど何もない、レモンスカッシュを飲んだらさっさと店を出よう、と思っていた。でも銀行前であまりにも異様で非現実的な場面を見せられたせいで、胸はもやもや感でいっぱいだった。さっきのヘンテコなドマッチョが気になって仕方がない。

「でさ、あれはいったい何だったの?」

「あ、あれって?」

モルモットのようにほんの少しずつスコーンをかじりながら沙耶花が聞き返す。とぼけている様子はない。この子には昔から少し鈍いようなところがあったよな、と夏子は思い出していた。成績は良かったが、頭の回転が鈍い。あるいは反応がずれている。そのせいでイライラするのだ。いじめられるのも無理はないという気がした。

「だからあの、つるぴかのゴリラよ。何、あれ?」

「ああ、ゆ、弓削さんのことね」

沙耶花はにっこりと笑う。

「弓を削るって、か、書いてユゲさんっていうのよ。ステキな、お、お名前よね、弓削征四郎」

そんなことはどうでもいい。別にゴリラの姓名を知りたいわけじゃない。

「っていうか、どういう関係よ」

沙耶花との接点がまったく見つけられない。ゴリラとミズスマシに接点がないのと同じだ。

「わ、私の先生よ」

先生？　……目が点になる。うそでしょ？　沙耶花は確か大学付属の中学に入ったから、高校もそのまま進級だろう。あれが高校教諭なんて絶対にありえない。もしかしたら塾か？　それなら可能性としてはなくもない。大手の塾にはむしろ破天荒さを売りにする教師もいるくらいだから。でも、いくらなんでもあれはぶっとびすぎじゃないだろうか。生徒も引くだろうし、まともな感覚を持った普通の親なら絶対に受け入れられないだろう。存在と言動が常識を超えている、というか、法律に触れてるんじゃないかという気がする。

「せ、先生っていうか……」

沙耶花の話の途中で、

「あの、失礼ですけどちょっといいですか」

と、後ろから声をかけられた。夏子はぎくりとして振り返ったが、知り合いではないことがわかってとりあえずほっとした。そこには大学生くらいの男が二人立っていた。眉間に皺を寄せたままでいた夏子だが、内心ではガードを下げていた。一人は若手俳優といっても通用するくらいハンサムだったからだ。もう一人メガネをかけているほうもさわやかな笑顔で、頭がよくて優しいお兄さんというようなタイプだった。二人とも痩せて背が高く、服装もさっぱりとしている。清潔感と育ちのよさがにじみ出ていた。一流大学の学生といった感じで、好感の持てる笑顔を浮かべている。夏子は警戒を解いていたが、二人の視線は完全に沙耶花一人に注がれていた。

「あの、出し抜けになんですけど、ポチョムキン・サーシャさんですよね」

は？　何？　夏子の目が点になる。何言ってんのこの人たち？　大学生の問いかけに沙耶花の色白の顔がみるみる真っ赤に染まり、そのままうつむいてしまった。あなた赤くなる場面を絶対まちがえてるよ、と夏子はまた思わずにいられなかった。公衆の面前でブラウスを胸までべろんとめくり上げて平気な顔をしているのに、なんでここで紅ショウガみたいに赤くなってんのよ。

「い、いえ、あの……」

消え入りそうな声で沙耶花がつぶやく。

「プライベート中に声かけたりしてすいません」

「でも僕らポチョムキンさんの大ファンなんです」

「ほら、はやってるじゃん、今。沙耶花もそういうのやってんの？」

「わ、私なんかそんなの、で、で、できるわけないじゃない！」

そう言って沙耶花は首をぶんぶん横に振った。謙遜しているという感じはまったくなかった。この子のリアクションは全部がガチという気がした。昔からそうだった。いじめを受けたのはそういう面も影響していたのかもしれない。純粋といえばそうだが、なんでも真に受ける。ハンドルに遊びがないのだ。すぐに反応する。冗談も通じない。だからからかわれる。面白がっていじめられる。夏子もなんとなくからかってみたくなった。

「でもさっきのサインなんてすらすらって、やってたじゃん。地下アイドルみたいだったよ、ホント」

沙耶花はムンクの『叫び』のポーズをしたまま固まってしまった。

「う、うそうそ！　私、サ、サ、サインなんてするの初めてだったんだよ。私なんて、サ、サインするのは、ひゃ、百年早いんだよ。なっちゃん、は、は、恥ずかしいから人に言わないでね」

大いに動揺している。いじり甲斐があるタイプだ。

「言わないけど、でもなんか堂に入ってるって感じだったよ」

「うん、家でこっそり練習はしてたの。い、い、いつか、サインとか求められたりしちゃったらと思ったんだけど。あ、あ、ホント、すごい恥ずかしい！」

沙耶花はまだムンクのままで真っ赤になっている。部屋でサインの練習をしている沙耶花を思うと微笑ましかった。そして少しうらやましいようなやるせない気持ちにもなった。なんだかわからないが、この子は「いつか」を思い描いて日々を過ごしている。私は「いつやるか」で胸を焼かれるような毎日だ。そんな二人が向かい合って話をしていることがひどく奇妙で不思議な気がした。


でも、と夏子は思った。自分で聞いておきながら、この子は地下アイドルってタイプじゃないよね、と夏子は思いなおした。どの角度から見ても沙耶花はアイドルという柄ではない。色白で痩身、顔立ちも整っているから美少女と言えなくはないだろう。でもアイドルのようなキャピキャピした感じがまったくないのだ。花で言えば薔薇や牡丹ではなくカスミソウといったところだ。それに自分から目立とうというタイプではない。その逆で、なるべく人目に付かないようにしているようなところがあった。会うのは三年半ぶりだが、それが変わったとはまったく思えない。

格好を見てもそうだ。紺のスカートに白いブラウス、清楚といえば清楚だけど地味すぎる。ゴリラは誉めたが靴だってどんくさいフツウの黒のローファーシューズだ。朝ドラに出てくる昭和の音楽教師みたいだ。どれだけ目立たないでいられるか、というコンセプトで固めた衣装のようだ。この点でも、あのゴリラとは真逆だ。あれは、道行く人の視線を根こそぎ持っていくという主題だけで成り立っていたからだ。

それに髪も染めていない。ピアスもイヤリングもしていない。ネックレスもリングもない。もちろん化粧気もまったくない。眉も揃えていない。が、薄く儚げな眉はその必要もないだろう。ナチュラルな美少女といえばそうだが、美少女と言うには何かが欠けている気がするのも確かだった。だから印象が薄い。

「わ、私、ひ、人前で歌なんて、ぜ、絶対に歌えないし……」

沙耶花はうつむいたまま、聞き取れないほどの小さな声でつぶやいた。それもそうよね、と夏子はまた納得してしまった。思い出したが、沙耶花は歌が恐ろしく下手だった。見事な音痴。なぜ知っているかというと六年生の時の合唱で隣だったからだ。音程を外しまくっていたのをはっきり憶えていた。声量がないのが救いだったが、ちょっと唖然とするくらいの下手さで隣にいてかなり迷惑した。左隣にいた子は、イラついて軽く肘打ちしたと言っていた。夏子はさすがにそこまではしなかったが、イラついたのは確かだ。これだけ音痴も珍しい、というほどの人が、数年後に歌がうまくなる、なんてあるはずがない。

「じゃあ、なんか、バックダンサーとかそっち系？」

「そ、そんなことできるわけないいじゃない」

沙耶花はようやく笑い出しながら言った。

「私がう、運動音痴なの、なっちゃんだって、し、知ってるくせに」

確かにそうだ、とまたもや夏子は納得した。この子は、運動音痴、というより、運動神経がないと言い切っていいくらいだった。足は遅く、体力もなく、リズム感もなく、泳げず、跳び箱は一段も飛べなかった。一段も、というのは誇張ではなく、跳び箱の前までとろとろ走っていくと、跳び箱に手を突いてしゃがみこんでしまうのだ。跳ぶ、という動作ができないらしい。ドッジボールでも、ゆるい山なりのボールを受け止めることさえできない。顔面で受け止めて鼻血を出したりしていた。ほとんど漫画の世界だ。

小一から水泳をやっていて、どんな競技でもこなせた夏子からすれば、沙耶花の運動神経は五歳程度で止まっているとしか思えなかった。子どもの頃に足の遅かった人が、思春期で急に足が速くなるなんて現実にありえるだろうか？　おそらくない。小学生の頃、百メートルをぶっちぎりのビリでゴールしていた子が、高校生になって急に足が速くなるなんて話は聞いたことがない。ダンスだって同じだ。縄跳びもまともにできなかった沙耶花がバックダンサーなんて絶対にできるわけがない。

「弓削さんにも、あ、あなたくらい鈍い生き物は見たことがないって、い、言われたくらいよ」

沙耶花はくすくす笑っている。そうだ、あのつるぴかゴリラの話をしていたのだ。

「で、あいつ、なんなの？」

沙耶花は、夢見るような顔でにこっと微笑んだ。

「ホントはね、師匠とか呼ばなきゃいけないんだろうけど、そ、それは、ぜ、絶対止めてちょうだいって弓削さんが言うの。だから、弓削さんって呼んでるけど、私の師匠なの。私にとっては、か、神様のような存在」

師匠？　神様？　あんな筋肉お化けみたいなつるっぱげの神様がこの世にいるものだろうか？

ますます訳がわからなくなった。地下アイドル系かと思っていたが、もしかしたらお花やお茶でも習っているのかもしれない。師匠といえば、確かに華道を売りにした芸能人もいるし、その人もゲイっぽい。ゲイの人は美術的な感性が優れているというのは聞いたことがある。確かに華道や茶道なら、お嬢様っぽい沙耶花にはイメージ的にはぴったりだ。少なくとも地下アイドルやダンサーとかいうよりもつじつまが合う。

でも、スキンヘッドで無意味なほど筋肉ムキムキのあの男が華道の先生？　茶道の師匠？　あのゴリラが花を生ける姿が頭に浮かばない。茶碗を回す姿が想像できない。着物を着たキングコングが正座をして将棋を指しているのをイメージできないのと同じことだ。どう考えても無理がある。

そういえば、あのゴリラは沙耶花をポッチョ、ポッチョと呼んでいた。それが気になって仕方がなかったが、あの感じのいい大学生の言葉でなんとなくわかった。二人は「ポチョムキン」と呼びかけたのだ。ポチョムキン・サーシャ……芸名だろう。でも芸名にしては、なんというか奇妙というか変わっている。というかはっきり言えばダサすぎる。お笑い芸人にしても、なんだかな、というネーミングだ。でも沙耶花がお笑いをやれるとはとても思えない。つっこみは完全にムリだし、かといってボケもだめだろう。天然過ぎるのだ。笑いの取れるボケというのは計算してやっているものだ。

でもこの子の反応は全部ガチな気がする。計算などかけらもない。となると女優？でも、女優に「ポチョムキン・サーシャ」なんてふざけた芸名を付けるとはとても思えない。とすればやはりお笑いだろう。夏子は混乱したまま聞いた。

「じゃあ、お笑い系？」

沙耶花はこらえきれないようにぷっと噴き出した。

「なっちゃん、私がお、お笑い芸人になんてなれると思う？　私、き、吃音症だし赤面症だしあがり症だよ。ひ、人前に出て話すなんて、そんなことぜ、ぜ、絶対にできないよ」

まあ、そうだよね、と夏子はまたも納得してしまった。

「でも芸名なんでしょ、ポチョムキン・サーシャって」

沙耶花はまたみるみる赤くなった。この子の赤面症も相当なものだ。こんなにすぐ赤くなるような子が舞台に立てるわけがない。

「ち、違うよ、げ、芸名なんかじゃないよ。で、でも、おかしいな、な、なんでわかっちゃったんだろ、メ、メークでバレないと思ってたのに……」

沙耶花はブツブツつぶやきながら首を捻っている。夏子はまじまじと沙耶花の顔を見つめてしまった。なんでわかっちゃったんだろ？　メーク？　バレない？　その時、衝撃的な考えが頭に浮かんだ。もしかして、この子、ストリップショーとかやってんじゃ……そんなレトロなイメージが湧いたのは、沙耶花の古風な顔立ちと昭和っぽい服装のせいかもしれない。でも……と夏子はちょっとおかしくなった。ストリップショーなんてものがいまだにあるんだろうか？　子どもの頃浅草で見た「ストリップショー」という立て看板がやけに強烈だったので覚えているが、市川にそんなものがあるんだろうか？　……ないような気がする。でも隣駅の小岩には、それらしい風俗の店がたくさんあるような気もする。いや、確かに「何とかショー」という立て看板の置かれた、あやしげな店の前を通ったことがある。歌舞伎町や渋谷とかなら、それ系のいかがわしい店なんてきっと山ほどあるに違いない。

でもまさか、沙耶花が……。それに沙耶花の家はお金持ちだったはずだから、そんな必要があるとは思えない。だいたいこんな痩せっぽちで胸も真っ平らの小娘がストリップショー? 体つきは棒のようで色気のかけらもない。

でもこの子だって女子高生だ。体形はともかく年齢的にはもういっぱしの大人といってもいい。メークでバレないなんて言っているからには、何かいかがわしいことをやっているに違いない。裏で何をやっているかなんて誰にもわからない。

所詮、人は見かけだけでは何もわかりはしないと夏子は思った。私のうわべだけで、内面なんて誰にも判断できないのと同じだ。私のバッグの中にあるもので、私がしようとしていることを知ったら、みんな頭が狂っていると思うだろう。でもそれはまちがっている。私は狂ってなんかいない。正常だ。

「沙耶花、隠してないで教えてよ」夏子は真面目な顔でそう詰め寄った。「人に知られたくないんなら、絶対言わないから」

「なっちゃん、そんなこと私思ってないよ。なっちゃんが、ひ、ひ、人に言うなんて、そんなことぜんぜん思ってないから」

沙耶花も真面目な顔で夏子を見つめ返した。

「で、でも、笑わない?」

沙耶花のはにかむような問いかけに、夏子は無言で首を縦に振った。ここしばらくの間、ちゃんと笑ったことなどない。笑い方なんて忘れてしまったような気さえする。腹の底から笑うなんてこの先二度とないかもしれない。

「笑わないよ」

あ、あのね、と言って沙耶花は舌を出しながらくすりと笑った。

「私ね、プ、プロレスをやってるの。じょ、じょ、女子プロレスラーの卵なの」

「……え?」

4　フラッシュバック　*Flashback*

家に戻った時は五時をちょっとすぎていた。ドアを開けるのがユーウツだった。母の反応が予想できたからだ。玄関に入ると同時に、母が血相を変えてキッチンから飛び出してきた。

「なっちゃん、よかった！」

顔は青ざめ、目にはうっすらと涙さえ浮かべていた。引きこもりになってしまった一人娘が、何も言わずにこっそり家を出て夕方に戻ってきたのだからそれは心配もするだろう。

「何処行ってたの、心配したのよ！」

叫ぶように言ってからはっと我に返ったように声を落として、よかった、ともう一度言って泣き出した。やっぱり、取り乱したりして。予想通りの反応だった。

「なっちゃん、ごめんね、取り乱したりして。外に出るのはいいの、ううん、外に出られるようになってお母さんうれしい。でも出かける時はちゃんと知らせて。ね、お願い」

　不登校で引きこもりになった娘が、外に出歩けるようになったのをほっとしているようでもあり、何も告げずにふらっと出ていくのを恐れているようでもあった。母の心痛は夏子にも想像できたし、心配をかけていることに申し訳ない気持ちももちろんあった。だが、それらすべてがうっとうしかった。放っておいてほしい、というのが本音だったが、それを口に出して言うほど夏子も子どもでもなかった。親としては放っておけるわけがないからだ。もっと早く戻るつもりだった。ゾンビホーテでの買い物は往復で一時間もかからないはずだった。それが、沙耶花とばったり出くわしてしまったせいで予定が狂った。沙耶花とだってあんなに話し込むなんて思ってもみなかったのだから仕方がない。

「ごめん、友だちとちょっとお茶してきたから」

　と夏子は小声で謝った。嘘ではないが本当でもない。お茶してたのは事実だが、沙耶花は友だちでも何でもない。ただの昔の知り合いだ。友だちなんて一人もいない。もう二度とほしくない。

　夏子は母親の感情を和(やわ)らげるため、もう一度ごめんとつぶやいて自室に戻った。母はすっかりやつれたし、父の白髪も増えていた。二人に途方もない苦しみを与えてしまったことに対して、すまなさしかなかった。でも親に相談できることではないのだ。

というより、死んでも知られたくない。それならば無言で引きこもりの娘を演じていたほうがましだ。親の苦悩にも、もうさほど心を動かされない自分がいた。私の心は、かなり壊れてしまっているのかも、と夏子は他人事のように思った。でも狂ってはいない……。

まさか自分が不登校になるなんて考えたこともなかった。小学生の時は、六年生の時に麻疹（はしか）にかかって数日休んだだけ、中学時代は皆勤だった。学校は行くものだと、行かなきゃならない場所だと素直に思っていたし、それを疑ったことは一度もなかった。眠くて起きるのがしんどい時もあったし、大雨の時やテストの前は必ずユーウツになった。でも、学校に行きたくないなんて思ったことはない。

それに、と夏子には疑問があった。不登校の子って、家で何してるんだろう？　一人で寂しくないんだろうか？　一人で退屈しないんだろうか？　ゲームでも一日やっているんだろうか？　友だちと話せないなんてつまらない、自分には絶対ムリ、と素朴にそう思っていた。学校という場所は夏子にとって、友だちと時間を共有する空間だった。勉強をしに行くという感覚よりも、友だちとおしゃべりをして話をし笑いあう場所だった。テストの悩ましさや宿題のしんどさよりも、楽しい時間のほうがはるかに多い大切なところだった。一人きりの空間で長時間過ごすなんてことは想像もできないことだった。

　夏子はあまりゲームに熱中したことがなかったし、漫画や小説を熱心に読むタイプでもなかった。テレビもそれほど見るわけでもなかった。それはたぶん、水泳のせいだ。小一から始めた水泳は、夏子にとって生活の中心になっていた。

　学校が終わると家に戻り、ちょっとおやつを食べたりした後すぐスイミングクラブに向かう。低学年の頃は一時間だったが、年を重ねるにつれ少しずつ伸びていき、中学時代は毎日二時間半から三時間をクラブで過ごした。

　帰ってきてご飯を食べるとモーレツに眠くなる。よほど面白いドラマとかテレビ番組でないと起きていられない。宿題どころか両親とじっくり話す時間もない。何とか頑張って早起きして宿題だけは一時間で片づける。親に成績のことで小言を言われたことや、もっと勉強しなさいと叱られたことはほとんどない。夏子の成績は上位からは程遠かったが、常に中の上くらいだった。だから中学を終えるまで、休まず水泳を続けていることを、両親は応援してくれていた。夏子が真面目に休まず水泳を続けている
さえまったくなかった。反抗する理由も時間もなかったのだ。ゲームや漫画やテレビに割くような時間もほとんどなかったといってもいい。

　学校とスイミングクラブ、その二つの場所があればよかった。それで特に不満もなかった。三か月前までは……四月末の、あの夜までは。夏子は呼吸が苦しくなって、

慌てて頭を振り、記憶が忍び込んできそうになるのを追い払った。もうどす黒い記憶にのたうち回るのはたくさんだ。もうあとはやるだけだ、決行するだけだ。

そしてふと思いついてショルダーバッグの中を探った。取り出して眺めてみる。手にした重みとフィット感はやはり完璧だ。これを買ったのが今日のお昼だというのがちょっと信じられない気がした。生まれた時からずっと持っているような感じがする。手に入れた時は覚悟がきまったと思ったのだ。いや、覚悟なんてとっくの前にきまっていた。これで決行できると現実的なアクションモードに移行した。午後にでもやろうというつもりでいたのだ。

でもその直後に沙耶花にばったり会ってなんだか予定がすっかり狂ってしまった。ド派手なゴリラに度肝を抜かれ、人前で胸まではだけてみせる沙耶花に仰天し、カンタベリーで大学生二人にあっけにとられているうちに時間が経ってしまった。偶然出くわした時、レモンスカッシュを飲んだらさっさと帰ろうと思っていた。話題など何もないし、五分ほどで別れるつもりでいた。それが気づくと三時間近くも話し込んでしまったのだ。あの沙耶花と。あのド天然でとろくてどんくさい沙耶花と……。それを考えるとちょっとおかしかった。あの死ぬほどマイペースな沙耶花は人のペースまで乱すらしい。

沙耶花、変わったな……それがシンプルな感想だった。

小学校を卒業し、沙耶花とはそれきり離れた。夏子は家の近くの市立中に、沙耶花は偏差値の高い大学付属の中学に入ったと聞いていたが気にもとめなかった。夏子にとって、沙耶花は友だちでもなんでもなかったからだ。

それから今まで一度も会ってなかったのだ。沙耶花は駅で何度か見かけたと言っていたが、夏子はまったく気づかなかったし、気づいたとしても自分から話しかけるようなことはおそらくなかっただろう。夏子にとって沙耶花は、六年生の一年間だけ一緒になったことがある、あまりしゃべったこともない同級生の一人にすぎなかったからだ。

ましてやその頃、夏子には三人の親友と呼べる友だちがいた。いつも四人でつるんでいたから新しい友だちなんて必要なかった。四人とも同じスイミングクラブに所属し、毎日一緒に練習し、プールのあとにはおしゃべりした。そして青春のすべてをささげてもいいと思うくらい水泳にのめり込んでいた。

夏子が水泳を始めたきっかけは他愛ないものだった。もともと自分で始めようと思ったわけではないし、水泳に興味があったわけでもない。幼馴染の雪（ゆき）に、一緒に行こうよ、と誘われ、うんいいよ、という程度の軽い気持ちだった。小学一年生の時だ。場所もよかった。スイミングクラブは近所にあった。夏子の家から歩いても通えるし、自転車なら十分もかからない。習い事をさせることに親も二つ返事で了解してくれた。その頃母親には、ピアノでも習ってみる？　と言われていたところで、夏子も少しその気になっていた。とは言っても、もともと夏子はじっとしていられる性分ではなく、体を動かしているほうがずっと好きだった。でも雪に誘われなければ水泳を始めることはなかっただろう。

雪との出会いは幼すぎて覚えていないが、初めてできた友だちだということは確かだ。幼稚園が一緒だったこと、家が近かったことが親しくなった理由かもしれない。共通点も多かった。マンション住まいで両親が共働きの一人っ子。二人ともちょっと引っ込み思案なところがあったが、仲良くなると際限なくおしゃべりするようになった。散歩の時間の時に必ず手をつなぐのも雪だった。

「なっちゃんはナツだから、そばにいるとわたしとけちゃうね」

「だいじょうぶ、わたし、ユキすきだもん。でも、ゆきちゃんのてはつめたくないね」

「うん、わたしもナツすきだもん」

そんな他愛もないやりとりをかわしたのを覚えている。たぶん、「夏」という漢字の次に覚えたのは「雪」だ。雪は穏やかでおとなしい性格だったので、ケンカになることはあっても大声で言い合いをするようなことはなかった。

雪が水泳を習いたいと思ったのは、江戸川で溺れたどこかの子どもが救助される場面を見たことがきっかけだという。その日、川は雨上がりで増水していて、釣りに来ていたお父さんが目を離したすきに子どもが足を滑らせてしまったらしい。そこへジョギング中の若いお姉さんが飛び込んで、すいすい泳いで岸まで連れ戻したのだそうだ。

「すっごいかっこよかったの。わたしも泳ぎが上手になって、もし、溺れてる人がいたら助けてあげたい！」

と、雪は言っていた。夏子もそんな場面を想像して、泳ぎの上手なお姉さんになりたいな、と思った。

スイミングクラブでは、同い年の塔子（とうこ）とエリサとも知り合い友だちになった。学校は一緒だったが、クラスが違ったので話したことがなかったのだ。クラブには同年の子たちがほかにもたくさんいたが、この四人はあっという間に特別な関係になった。通っている学校が同じということのほかに、四人とも運動神経がよいという共通点があった。

「ねえ、私たち四人は、呼び捨てで呼び合おうよ」

しばらくしてから、塔子がこんな提案をした。夏子は雪のことを「ゆきちゃん」、雪は夏子のことを「なっちゃん」と呼んでいた。友だちはみんながちゃん付けだった。でも塔子は「とうちゃん」と呼ばれることを嫌がっていた。「お父さんみたいで、やだ」という微笑ましい理由だった。それで、四人の時は呼び捨てで呼び合うことになった。そのほうが親密さが増すような気がしたし、四人は特別な関係なんだと感じることができた。それに、呼び捨てのほうが大人びていてちょっとかっこいいと思った。

水泳は楽しかった。水泳を始めたばかりの子どもの中には、水を怖がって泣き出すような子もいる。でも夏子は水を怖いと思ったことはなかった。最初から、身体が水に浮く感覚があった。

最初はビート板を使って足をバシャバシャさせたりするだけだが、水の中にいるだけで心地よかった。練習の後でみんなと話ができるのも楽しかった。同じ学校以外の友だちが作れることもよかった。クラブにはおもしろい男の子がいてみんなを笑わせてくれたので、楽しい時間がたくさんあった。

低学年くらいまでは子どもの遊びの延長だが、四年生あたりからみなタイムが伸び始める。体の成長に合わせて、躍動感が生まれるためだろう。基礎を身につけ、小学校高学年になると自然に自分に合った種目に分けられる。塔子は背泳ぎ、雪はクロール、エリサは平泳ぎ、夏子はバタフライを選んだ。四人でメドレーリレーに出て優勝しようよ、と塔子が提案したからだ。それいいね、ともちろんみんな賛成した。

　スイミングクラブに通い始めた当初、夏子はバタフライという泳ぎを知らなかった。テレビなどで見ていたからだろう、クロールと平泳ぎと背泳ぎはなんとなく知っていたが、バタフライなんていうヘンテコな泳ぎ方があることは知らなかった。だから夏子より一つ二つ学年が上の子たちがバタフライをしているのを見て、びっくりしてしまった。溺れてるんじゃないか、と思ったのだ。まるで、鳥の雛がうっかり池に落ちてバシャバシャもがいているように見えた。

　溺れてるんじゃない、バタフライという泳ぎ方で泳いでるんだ、とわかってからはおかしくてたまらなくなった。バタ足のほうが速いんじゃないのと思えるほどぜんぜん前に進んでいない。なんて不格好でマヌケな泳ぎ方、と思ってしまった。子どもや初心者のやるバタフライはとても泳いでいるようには見えない。バタフライというのは蝶という意味だということも教えてもらったが、ぜんぜん蝶には見えなかった。でもそれは幼い子どもや初心者だからそう見えるだけだ。

　高校生や大学生くらいのお兄さんお姉さんたちのやるバタフライはまったく違った。ものすごく力強く、ダイナミックで、怖いくらいの迫力がある。いったん上半身が水面から躍り上がる、沈み込んでまたぐわっと躍り上がる。その反復でぐんぐん進んでいく。スピードもぜんぜん違う。平泳ぎより断然速いのが一目でわかる。最初に感じた「すんごい間抜け」だという感想は一切消えて、ダイナミックでかっこいいという印象に変わった。目の前にあるものを一回一回叩き壊しながら前進している、という暴力的な感じさえした。陸上競技で言えば、ハードルに似ている。ズン、ズン、ズンと見えないハードルを越えていく。躍り上がっては沈み込み、水をかきわけてまた躍り上がる。夏子は上級者のバタフライを見ていて飽きることがなかった。そして、自分もああいうふうに泳げるようになりたい、と強く思うようになった。

三年生の時に初めて参加した水泳大会はよく覚えている。市民プールの観客席はほぼ埋まっていた。プールサイドで夏子は歯をカタカタ鳴らしていた。寒いわけではなく、緊張で歯の根が合わないという初めての経験だった。雪も同じように青い顔をして、掌に「あ」と書いては何度も飲み込んでいた。夏子も同じことをやってみたがぜんぜん効かないので、胸の前で小さく十字を切ってお祈りをした。夏子の両親は宗教にはほとんど無関心だったが、母方のおばあちゃんがキリスト教徒だった。その影響で夏子の母は困った時など十字を切る癖があり、「困った時だけクリスチャン」と笑っていた。クリスチャンというのが夏子にはよくわからなかったが、神様はなんとなくいるものだ、と思っていた。普段はいない、というか、いなくてもいい。困った時にはいてほしい。そういう存在が神様なのだと思っていた。そして母の癖はしっかり夏子にも移った。人前で大っぴらにやるのはちょっと恥ずかしい気がしたので、こっそり素早く十字を切った。でも目ざとい塔子に見つかってしまった。

「夏子、そんなことしたって効かないって」

と塔子は笑いながら言った。塔子は普段通りの顔色だった。緊張しているのかもしれないが、あまり顔には出ないタイプだった。

「神様、そんなの見てないって。神様は忙しいんだから」

笑いながら、まるで神様を見てきたかのような口調で言った。塔子は時々こういう大人びた言い方をすることがあったが、夏子は腹も立たなかった。塔子の言うことは的を射ている、というか、それもそうだよね、という説得力があったから。確かに、ふだんお祈りなんてやりもしないのに、困った時だけ十字を切ったって神様はそんなの目もくれないだろう。

「緊張した時はさ、掌に字を書いて飲めば収まるよ」とエリサが言った。

「さっきからやってるよ。でも震えが止まんない」と雪が言った。

「なんて書いたの？」

「『あ』だけど」

「あ、だと効かないよ。うんこって書くんだよ。うんこって書いてぺろって飲み込むの」

「うんこ⁉」

「うん、うんこ。そうすると運がつくっていうか、飲み込んじゃうんだからもっとすごいよ。おじいちゃんがそう言ってた」

エリサのおじいちゃん譲りのおまじないはがっちり効いた。みんなで、何十回も『うんこ』と書いてうんこを飲み込んだ。そうするたびに緊張感がひいた。というより、四人でキャハハと笑い転げているうちに、緊張がすっかりほどけた。

四人の中でムードメーカーはエリサだった。話が抜群に上手で笑わせるのがうまかった。エリサが何か面白いことを言って、他の三人が息ができなくなるほど笑いこける、というのがよくあるパターンだった。

初めから四人の中でずば抜けていたのが塔子だった。背泳ぎに関しては学年が上の子よりも速かった。塔子は水泳だけでなく成績もよく、それに顔も可愛かったので、男の子たちの憧れでもあった。鼻筋が通った正統派の美少女、そんな感じだ。夏子の母親が彼女を見て、まあなんて奇麗な子、将来は女優さんになれるんじゃない、と言っていたくらいだ。当然のことながら、四人の中では塔子がリーダー格だった。

雪は幼馴染で一番の親友だった。塔子やエリサには言えないことでも、雪だけには話をした。二人だけの秘密もけっこうあった。

四人とも学校ではクラスは違ったりしたし、些細な口げんかやちょっとした諍いはあった。でも深刻なものではなかったし、すぐに仲直りができた。誕生会などにも呼んだり呼ばれたりした。みんなでディズニーランドへも行ったし、正月には四人揃って成田山に初詣にも出かけた。こうした友人がいたのだから、沙耶花のような子を相手にする必要がまったくなかったのだ。

四人ともそのまま学区内の市立中学に入学した。水泳をすると身長が伸びるというのはおそらく本当だ。四人とも次第に背が伸びて、自分たちの母親より大きくなっていた。中学に入る時には全員が百六十を超えていた。

なにしろ、泳いだ後はお腹がすくのだ。四人で帰り道、コンビニで肉マンやジャンボ・フランクを食べながら話をするのがとても楽しいということもある。そして家に帰ってご飯を三杯食べるのだ。背も伸びるだろう。入学式の時には、四人で今度こそメドレーに出て優勝しようと誓い合った。

その頃、夏子には大きな悩みが一つあった。小学六年生になったあたりから、急に胸が大きくなり始めたのだ。本当に、まるで女性ホルモンのスイッチが入ったかのようにどんどん膨らんできた。自分がそうした年齢だということもわかっていたし、周りの友だちを見ても体の変化はあったので最初はそれほど気にしなかったが、それにしても夏子の場合は急速すぎた。小六の夏には自分の掌からはみ出すほどになっていた。なにしろ二か月前に買ったブラがきつくて締まらないのだ。競泳の水着も当然ぴちぴちになってしまい、買い替えねばならなかった。競泳水着はもともとタイトなものだが、それが胸のところだけリンゴを入れたみたいに盛り上がっているのだ。太ってきたわけではない。腰回りも普通で、体脂肪率もそんなに変わらなかった。胸だけがゴンゴン膨らんでいく。同年代のほかの子ももちろんそれなりのふくらみはあったが、夏子だけ目立って大きかった。胸が大きくなってうれしいという気持ちはほとんどなかった。むしろ逆に、もうこれ以上大きくなりませんようにと密かに祈っていたくらいだ。でもそれは意志の力ではどうにもならない。胸は勝手にさらに膨らんでいく。

スイミングスクールにはもちろん男子もたくさんいる。彼らの目が自分の胸に注がれるのを夏子は何度も感じたし、そのたびに恥ずかしさにさいなまれた。水着になるのが苦痛だったほどだ。競泳は、防具や厚い生地で隠せる剣道や柔道とは違う。タイトサポーターで目立たなくできるバレーやバスケや卓球とも違う。なにしろ薄い生地が張り付いているだけなのでどうしようもない。競泳水着は伸縮性がとても高いのである程度は圧迫できる。だがそれにも限界というものがある。

世の中には胸を大きくする方法や運動やマッサージがいくらでもある。ネットで検索すれば山ほど出てくる。女性誌でもしょっちゅう特集を組んでいる。でも胸を小さくするような方法はほとんど目にすることがない。せいぜい、バストアップくらいだ。パンパンに張った胸を小さくする方法なんてないのだ。第一、誰もそんなことをしたいと思わない。

夏子にできるのは毎晩祈るくらいのものだった。神様、もうこれ以上大きくなりませんように、と。お願いですからもうこのへんで勘弁してください、そう真剣に切実にお祈りしていた。

そのためだけではないだろうが、小六の頃にはタイムがさっぱり伸びなかった。周りのみんなは確実にタイムを縮めているというのに。焦りはあったがどうしていいかわからなかった。自分でコントロールしようにもできないこともある。

そんなささやかな悩みを抱えていた頃に、沙耶花と同じ教室にいたというのが、とても不思議なことに思われた。あの頃、沙耶花はどんな悩みを抱えていたのだろう、と夏子はふと思った。でもそんなのわかるわけがない。ろくに話したこともなかったのだ。少なくとも、自分のように胸の大きさに悩んでいたわけでないことは確かだろうと夏子は思った。

……いや、もう沙耶花のことを考えるのはやめよう。もう二度と会うことはないだろう。沙耶花にばったり出くわしてしまったせいで、せっかくの決行モードがなんとなく削がれてしまった。でももう手段は手に入れた。もうＨＯＷは解決した。あとはＷＨＥＮとＷＨＥＲＥだけだ。だが、その後まではちゃんと段取りをつけていない自分に腹が立った。自分には昔からそういうところがあるな、と夏子は情けない気持ちになった。意志はある、でも、計画性がないのだ。だがまあいい、明日はしっかり段取りを考えよう。

夏子はスタンドライトを消した。四月末のあの日以来、ぐっすり眠ったことなんて一度もない。夏子は手にしたバタフライナイフをぎゅっと胸に抱きしめた。気持ちが休まるのを感じた。目を閉じて大きく息をつく。

唐突に、また沙耶花のイメージが現れた。沙耶花がブラウスを胸までめくり上げて、腰を折ったド派手な筋肉男が覗き込んでいる光景が頭に浮かんでいた。世の中には、頭のおかしい人間が存在するらしい。あの二人に比べたら、私はずっとまともだろう。私は狂ってなんかいない。正常だ……。

5　ショータイム　*Showtime*

「ざっけんじゃねええ、おらあ立てえ、この売女があああ！」

　絶叫しながら沙耶花は、倒れた相手の髪を鷲づかみにして引き起こした。立ち上がった相手の頬に、ビンタを容赦なく三発かましながら尚も絶叫は続く。

「おっらあああ、こぉんの野郎くらえ、このスベタがあああ、トドメだあああ」

　沙耶花の四発目のスイングを相手は左手で受け止め、次の瞬間、沙耶花のみぞおちに膝蹴りを見舞った。悶絶の表情で倒れこむ沙耶花に対して、今度は相手が雄たけびを上げる。

「やりやがったなあ、このクソ生意気なしょんべん娘があああ、どうだ、おりゃああ、くらえええ」

　四つん這いの沙耶花に対して相手は踏みつけるような蹴りを見舞い続ける。

「うぎゃああ！　てめぇ、アバズレがあ、ふぎゃ、あべし～」

沙耶花はド派手な絶叫を上げながら、もんどりうっている――。

な、なんだこれ……夏子は目の前の光景に度肝を抜かれていた。

これってホントにあの沙耶花？　あのすぐ顔を赤くして、蚊の鳴くような声でしか返事ができないあの沙耶花？　レジのところでうろたえていたあの沙耶花？　とても信じられない。ありえないでしょ、ビンタとかって。それにまったくどもってないし。沙耶花の口からは、罵声（ばせい）が淀みなく出てくる。あたりの空気を震わすような絶叫とともに。別人としか思えない。

でももちろん目の前で壮絶なバトルを繰り広げているのはその沙耶花だ。あの沙耶花だ。でもどの沙耶花？　夏子の頭の中は真っ白になりかけていた。まるで沙耶花の出演しているストリップショーを見せられているような衝撃だ。いや、ある意味では、それ以上の衝撃かもしれない。ここは誰、私はどこ？　そんな感じだ。頭がうまく働かない。

――その日、夏子が昼頃外出しようと思い立ったのは雨が降っていたからだ。土砂降りではないが小雨でもない、夏の生ぬるい雨。今年は空梅雨でほとんど雨が降らなかった。こんなにまとまった雨は何か月ぶりかのことだった。母は朝から仕事に出かけていて戻りは五時頃だからそれまでに帰ればいい。現場の下見をしつつ、計画を考えるつもりだった。

　傘を差していれば人目があまり気にならなくなる。夏子は江戸川に行ってみるつもりだった。昨日買ったトマトを刺し貫いてみたい、という衝動が抑えきれなかった。部屋でやるのは汚れそうだし、後始末が大変だ。江戸川にかかる橋の下でやってやろうと思ったのだ。

　でも玄関から出る時はやはり緊張した。四月以来、外に出ようとして玄関で何度も呼吸困難に陥ったことがあるからだ。外の世界が怖かった。人の視線にたまらない嫌悪感を覚えた。夏子はしばらくドアノブを握ったまま自分の状態を確かめていた。大丈夫、鼓動は速いが息はできる。夏子はショルダーバッグの中のバタフライナイフを握りしめた。これがあれば人とすれ違っても、もし知り合いに出会ったとしても大丈夫だ。そう自分に言い聞かせた。だいたいこんな雨の中、江戸川沿いを散歩している人はまずいないだろう。歩いている最中に雨脚は弱まっていったが、ほとんど人とすれ違わずに済んだ。

　もうすぐ江戸川に着くという時に、玄関にトマトを置いてきたのに気づいた。傘を取り出した時に、バッグに入れようと下駄箱に載っけてそのまま忘れてきたのだ。自分の迂闊さに猛烈に腹が立った。こんなうっかりしているようじゃ、計画の実行もおぼつかない。夏子は憤然とした足取りで引き返した。ビニール袋に入ったトマトに悪態をつき、ショルダーバッグに放り込んだ。傘があるので通りを歩くのは精神的にかなり楽だった。そしてそれ以上に、バッグの中にあるバタフライナイフが心強かった。それがあると思うだけでざわつく心がしずまった。回り道をするのが面倒になり、直線距離で行こうと駅前を足早に歩いている途中だった。

「なっちゃん、は、早く早く！」

という声で振り返った。二十メートルほど向こうのカンタベリーの店先で、傘を差した沙耶花が手を振っている。その瞬間に思い出した。昨日、妙な成り行きで三時間近くも話したあとの別れ際、また明日もお話ししましょうよ、と沙耶花は恥じらいながら言ったのだ。学校は？　と思わず聞き返していた。あらっ、なっちゃん今夏休みじゃない、と沙耶花は無邪気に笑った。それはそうだ、と夏子もうなずいた。八月だから夏休みにきまっている。学校に行かなくなって以来、日付の感覚がなくなっていた。今日が何日かどころか、何曜日かもわからない。ただ、色彩のない季節があるだけだ。

明日何か用事があると聞かれ、別にないけどと答えた。じゃあちょっと遅めのお昼をまたここで食べましょうよ、と言うので、ああいいよ、と適当な約束を交わした。じゃあ一時にね、半額だし、と沙耶花はうれしさ満面の顔で微笑んだ。そんなことは頭からすっかり消し飛んでいた。心の中では、もう二度と会うこともないだろうと、いいかげんな返事をしただけだ。

でもしょうがないので近づいていった。なにしろ沙耶花はなっちゃんを連呼しながら店の前で飛び跳ねているのだ。名前をそんなにでっかい声で連発しないでよ、と怒鳴りつけたくなるのを我慢しながら近づいていく。なるべく人目は引きたくない。

「なっちゃん、も、もうだめかな」

時計を見ると、針はもうすぐ二時を指そうとしていた。雨の中で一時間も待たないでしょう、フツウ？　夏子は、ものすごく申し訳ない気持ちになりながらも、あきれていた。そして無意識にこう返事していた。

「へーキだよ、ちょこっと過ぎただけじゃない」

「で、でも時間過ぎてるし、も、もう、だ、だめじゃない？」

「いいから、早く」

あわあわ言っている沙耶花の腕を取って店へと突進した。突進しながら、これ昨日とまったく同じ展開じゃん、何やってんだろ私は、という思いが頭をよぎった。どうも沙耶花といるとペースに引き込まれてしまうようだ。そして昨日と同じように店員にガンたれながら支払いをすませ、レモンスカッシュを飲みスコーンを食べた。そして気づくと、道場のベンチに座っている自分を見つけたのだ。沙耶花に誘われるがままに、女子プロレスの道場に来てしまったのだ。

「あのね、私ね、プ、プロレスをやってるの。じょ、じょ、女子プロレスラーの卵なの」

前日、沙耶花が恥ずかしさで消え入りそうな声で告白をした時、夏子は信じなかった。冗談としか思えなかったからだ。そんなの誰だって信じない。実際にリングの上の彼女を見てもまだ信じられない自分がいた。沙耶花が大声を上げるところなんて想像もできないというのに、罵声と絶叫の嵐だ。しかもその台詞が「ざっけんじゃねえ、この売女、おらぁ立てえ」だ。

夏子がこれまで知り合った中で、「おしとやか」などという表現が当てはまる女子なんて一人もいない。うわべだけはおしとやかそうな子はいるけど、それはうわべだけだ。でも一人だけ当てはまるとすれば沙耶花がそうだと思えた。そのおしとやかな沙耶花が「売女」とか「スベタ」とかの過激で下品な罵声を浴びせるなんて想像もできない。でもそのありえない光景が目の前で繰り広げられているのだ。

夏子は深呼吸して辺りを見回した。リングの周りでは、屈強で敏捷(びんしょう)そうな体つきをした若い女性たちが、縄跳びをしたり腹筋をしたりダンベルを持ち上げたりしている。そうだ、ここは道場なのだ。女子プロレスの。そして自分はリングサイドに座っている。いったいなんだろうこの展開は、と自分でも呆然とするくらいだ。沙耶花といると、ペースがずれまくり、気づくとそのペースに嵌(はま)っている自分がいる……。

カーンとゴングの音が響き渡った。その瞬間、リング上で睨み合っていた二人が、さっと構えを解いた。

「バッキンガム先輩、ありがとうございましたっ！」

沙耶花は一変した口調で頭を下げた。さっきまで、くらえこの売女があ、と叫んでいた相手に対してだ。

「ああ、お疲れ」バッキンガムと呼ばれた先輩も、爽やかな笑みを浮かべている。「サーシャ、なかなか動きがよくなったよ。キックはなかなか上達してるね。前はへっぴり腰だったけど、だんだんためらいが取れてきてる」

「ありがとうございますっ！」

沙耶花は目を輝かせながら元気よく返事をし、また頭を下げる。

「でも顔面への張り手ね、まだ遠慮がある。もっと気合入れてやんなきゃだめだよ。

あれじゃぜんぜん効かないし、お客さんもエキサイトしない。音もしょぼいしね、もっとバシーンて響き渡るくらいじゃなきゃダメ、それには腰を入れて打ってこなきゃ」

「ハイッ、わかりましたっ、ありがとうございましたっ！」

「次！　ブランデンブルグ、上がっといで」

リング下で控えていた、猪首で二の腕のがっしりした子がリングに上がっていく。入れ替わるようにして、沙耶花がリングから降りてきた。黒いスパッツに白いTシャツ姿は棒のように細い。汗をタオルで拭っている顔は上気している。息は荒いが、消耗しているといった感じではない。むしろ生き生きとして、エネルギーが全身に満ちあふれている感じだ。これが沙耶花？

「ねえ、ど、どうだった？」

はにかむような笑顔を浮かべる沙耶花は、夏子の知っている沙耶花に戻っていた。さっきまで雄たけびを上げ、絶叫していたあの光景はなんだったんだ、と思えるほどの無邪気な、幼すぎるとも思える笑みだ。

「いや、凄かった、ホント、びっくりした」

夏子は正直な感想を言った。そしてちょっと失礼だという気がしたが、思い切って言ってみた。

「それにさ、沙耶花、その……ぜんぜんどもってなかったし」

気を悪くするかと思ったが、逆に沙耶花はパッとはじけるような笑顔に変わった。

「そ、そうなの、私、リングの上だと、ぜ、ぜんぜんどもらないのよ。先輩にも、ひ、ひ、人が変わったみたいって言われるの」

確かにそれは言えてる、と夏子も思った。豹変（ひょうへん）、というのはこういう時に使う言葉だろうか。というか、変わりすぎだって。

「おまけにさ、すごい言葉使ってんじゃん。スベタとか売女とかさ、私現実の世界でこんな言葉遣いしてる人初めて見たよ」

「うん、そ、それは私も勉強したのよ。アブドーラ先輩に、た、たくさん教えていただいたの」

そう言って沙耶花はベンチの上におかれたノートを見せてくれた。そのページには「プロレス罵倒（ばとう）用語集」と書いてあり、売女・スベタ・ビッチ・シロバンバ・ドブス・やり手婆あ・タコ女・サセコ・ゲロ女・ヤリマン・メス狐などという過激な単語がびっちり書かれていた。いくぶん時代錯誤（さくご）な感じもする。時代劇じゃあるまいし、いまどき、スベタ、なんていう言葉は誰も使わない。江戸時代じゃないんだから。水戸黄門か何かで、商人（あきんど）がそんな台詞をしゃべっているのを見たことがあるけど、それは時代劇だから違和感がないのだ。今の時代にこんな言葉で罵倒されたら、言われたほうもびっくりだろう。が、リング上ではそれほど変には感じなかった。特殊な舞台だからかもしれない。そして不思議なことだが、沙耶花がリング上でありえない言葉を絶叫していても下品だとか野蛮だとか少しも感じなかった。

隣のページには「応用編」とあり、「ふざけんなこのすっとこどっこいのひょっとこ野郎」「なめんなよ化け物屋敷のタコ女これでもくらえ」とかいう台詞で埋め尽くされていた。おそろしく丁寧で几帳面な字で書かれているのが、なんというか、笑えた。

「こ、こうやって日々暗記してるのよ」

沙耶花はびっしりと書かれたノートをめくる。その顔つきは真面目そうな女子高生そのものだが、こんなものを暗記してどうしようっていうのだろう。実生活で役に立つとはとても思えない。というか、逆に有害のような気がする。

「でもさ、痛くないの？」

「い、痛いよ」

沙耶花はあっさり言った。

「い、いきなりだったら痛いと思う。バレーボールだって、慣れないと痛いでしょ、レシーブの時。バスケのボールも硬くて突き指するし。じょ、徐々に慣れていくんだと思う」

沙耶花の言うことには一理ある。確かに慣れてないとバレーのレシーブはかなり痛いし、バスケのボールを顔面に食らって鼻血を出したこともある。でも、そういうのとビンタはちょっと違うんじゃないかな、と夏子はなおも混乱したままでいた。夏子はこれまでの人生で誰かに顔をぶたれたことなど一度もない。もちろん、誰かをぶったりしたことも一度もない。

「そ、それにバッキンガム先輩はホンキで蹴ってないでしょ？　じ、軸足で踏み込んで大きな音をたててるけど、け、蹴り足は軽めに当ててるだけだから」

それは夏子にもわかった。バッキンガムという大袈裟な名前の先輩の蹴りは沙耶花の背中を直撃していたが、踏み込んではいない。素人目にも本気で蹴っていないのはわかった。

「先輩はわ、わざとモーションを大きくしてマ、マットをストンピングして、大きな音をさせてるの。そういうテ、テクニックがあるのね、だからそんなに痛くはないの。もしバッキンガム先輩にホ、ホンキで蹴られたら、わ、私なんて一発で伸びちゃうわ」

確かにそうだろう、と夏子も思った。先輩はもちろん昨日のオカマのゴリラほどではないが、がっちりとした体形をしている。いかにもレスリングか柔道をやっていましたというような、力強くバランスの取れた体格だ。それに比べて、沙耶花は華奢すぎる。華奢というか、中学生のバレリーナのように未成熟な感じなのだ。どう見てもプロレスをやるような体格ではない。バッキンガム先輩がホンキで蹴ったら、伸びるどころか背骨が微塵に砕けそうだ。

「じ、実はね、わ、私リングに上げてもらったの、こ、今年の春になってからなんだ、ここ四か月ほど前なの。リ、リングに上げてもらえるだけでもう、う、うれしくてうれしくて」

言葉の通り、沙耶花の顔はうれしくてたまらないといった感じだ。サーカス帰りの小学生のように息を弾ませている。

「だ、だって三年以上もリ、リングサイドでけ、稽古してたんだよ、リングに上がるのはもう、あ、あ、憧れだったの！」

「え⁉」

夏子は仰天した。

「沙耶花、三年も前からプロレスやってんの？」

「うん、そうよ。中学一年からだから、こ、今年が四年目」

なんでもないことのように言って、沙耶花は笑った。

その時、入口のほうが急に騒がしくなった。「おはようございますっ！」という掛け声があちこちからあがる。振り向いた夏子はぎょっとして棒立ちになった。

げっ、あいつだ……。

昨日のゴリラがいた。今日もまたド派手な、目を疑うような格好をしていた。鮮烈な紫色のシャツに、ひまわりみたいな真っ黄色のジーンズ、靴はサーモン・ピンクだ。お笑い芸人でも勘弁してくださいと躊躇するような色の組み合わせ。でもゴリラには不思議に違和感がなかった。むしろ微妙に似合っているといってもいいかもしれない。存在自体が異様だから、ありえない服のカラーやコーディネートもはまるのかもしれない。

直角に曲げた肘をたたんで脇を締め、広げた指をヒラヒラ振り、内股で歩いてくるその様は、これぞ「ザ・オカマ」という感じだが、本人はもちろん、周りの誰もがそんなことを気にしていない感じだ。それどころか、十五人ほどいるレスラーや練習生たち全員が、尊敬のこもったまなざしで挨拶をし、頭を下げている。この中では明らかに格上と思われるバッキンガム先輩もわざわざリングから降りてきて、ゴリラの前で直立不動で挨拶をした。

「弓削さん、お疲れ様です、今日もよろしくお願いいたします！」

高校球児のように張り詰めた口調で言うと、九十度に身体を折って頭を下げる。集まってきた全員が同じように身体を折る。夏子もつられて同じことをしていた。その場の空気でそうせざるをえなかった。なんで私がこんなのに頭を下げにゃならんのだ、と内心思いながらも。

「コマンタレブ～ゲンビリア、よろシクラメ～ン、なんちゃって」

一人だけまったく自分のペースを崩さないド派手なゴリラは、素っ頓狂な声で挨拶を返す。脳天から出てくるような甲高い声だ。

「バッキンガム、あなた、右手首の具合はどう？」

「はいっ、おかげさまで大分いいです。でも念のためにテーピングで固めてます」

「うん、そうしてね。でもテーピングはあんまりタイトに巻き巻きしちゃだめよ、手ぇピンクになっちゃうから。なんちゃって」

なんなんだ、このノリは……誰もくすりともしないのはいいが、真剣に聞いているのが夏子には理解しがたかった。

「アヤソフィア、膝の具合はいかが？」

「はいっ、跳んだりするとまだ少し痛みがあります」

左ひざにサポーターをつけた背の高い女が答える。

「そう。じゃあ、しばらくはつけててね、それ。サポーターをつけるのサポーたりしちゃだめよ」

「わかりましたっ」

そこ、まともに返すとこ？　誰か何とか言ってやれよ、と思うが、みなひたすら真剣な表情を保ったままだ。なんだか、目まいがしてきた。

「じゃあバッキンガム、まず若い子たちを軽く一ラウンドごとに回してあげてね、それからベンプレ、最後にリハーサルよ。みんな、怪我にだけはくれぐれも注意してね。毛ガニとかけましてタラバガニ少佐の右腕と解く、その心は？」

「……」

「毛ガニは中尉！　なんちゃって」

「……」

だめムリ、絶対このノリにはついていけない、と夏子は背筋が凍る思いがした。なぜ誰も何も言わないのか、この場の雰囲気もたまらなく不可解だった。いや、無理に反応してドツボに陥るのをみんな避けているのか。だとしたら賢明な判断かもしれない。だが目の前の男は、このダダ滑りな空気を歯牙にもかけずに光り輝いている。

「はいっ、じゃあショータイムといくわよ。さあ、レッツゴールデンレトリバー！」

ゴリラが分厚い手をパンパンと二回叩くと、周りを囲んでいたレスラーたちはオーッスと声を張りあげ、それぞれの野場所へと散っていく。もちろん誰も笑ってなどいない。緊張が張り詰めている感じだ。場の雰囲気に飲まれて、同じように直立不動のままでいた夏子は座り込みたくなるくらいほっとした。ゴリラの視線が沙耶花に向いた。

「ポッチョ、こっちへいらっしゃいな」

はい、お薬よ、と言って小瓶を沙耶花に手渡す。ありがとうございます、と言いながら沙耶花は両手で恭しく受け取った。

「どう、痣の具合は？」

「ハイッ、もう昨日より色もかなり薄くなってる感じです」

そう言うと沙耶花は自分でTシャツをまくり上げた。さすがに二度目なので昨日のように度肝を抜かれることはないが、やはり目を疑う光景だ。Tシャツの下に付けているブルーのスポーツブラが丸見えなのだ。そこまでまくる必要あるのか？　あなた、年頃の乙女でしょうに。

「ああ、確かによくなってるわね」

「お薬のおかげです、ありがとうございます」

「ポッチョ、この場面は『あざーす』って返さなきゃ」

「ハイッ」

スルーしているのか意味がわかっていないのか、沙耶花はにこにこ返事している。

「あらやだ、今度は背中のほうが赤くなってるじゃない」

そう言うとゴリラは沙耶花の細い腰に腕を伸ばし、身体を回転させ背中を覗き込む。沙耶花は相変わらずされるがままになっている。夏子の肌はあわ立った。腰に手を回させないでしょ、フツウ。

「あ、それは平気です。さっきバッキンガム先輩にストンピングをしていただいたんです、すぐに引くと思います」

「うん、そうね、これは確かにたいしたことないわね。でもあなたはホントに痣ができやすい体質だから、トリートメントは欠かしちゃだめよ」

「ハイッ、気をつけます」

そう言うとようやく沙耶花はTシャツを下ろした。この娘には羞恥心というものがないのだろうか、それとも相手がゴリラだから羞恥心を感じなくてもいいのだろうか。

まあ、それにここは道場だ。駅前広場ではないから昨日よりははるかにましだ。

「ああ、昨日の子ね、いらっしゃい」

そう言ってドマッチョはにっこり笑いながら夏子を見た。初めて視線を向けられドギマギしたが、あ、憶えていてくれたんだと夏子はちょっと驚いた。昨日は一言もしゃべっていないし、視線を向けられた憶えもない。完全に蚊帳の外だったのだ。

「私の小学生の時の親友で沖田夏子さんです、なっちゃんっていいます」

沙耶花が紹介してくれたので、隣で軽く会釈をしたが、内心では戸惑っていた。親友？　誰が？　私たちが？　あの頃、ちゃんと話したこともないでしょうに。

「ああそう、なっちゃんね。よろしくさんじゅーろく、なんちゃって。あら、あなたやっぱりいい体してるじゃない」

そう言うとよける間もなく肩を撫でられた。雷に打たれたような衝撃が走った。でもそれは衝撃であって不思議なことに嫌悪感はまったくなかった。もし知らない男に、たとえ肩でも触れられたら悪寒が走る。絶対にそんなことはさせないし、もしやられたら死ぬほど抵抗するだろう。でも、身動きできなかった。ゴリラは分厚い掌で、夏子の肩から二の腕の筋肉を確かめるようにしばらく撫でまわした。いやらしさや嫌悪感はまったく感じなかった。ただ、衝撃で動けなかっただけだ。

「ウフフ、思った通りだわ。質のいい筋肉してる」

「なっちゃんは子どもの頃から水泳をやってるんです。ぜ、全国レベルの競泳の選手なんです。運動神経も抜群なんです」

隣で沙耶花が説明する。でも、それはもう過去のことだ。

「ああ、なるほど、どうりでね。でもあなた、しばらく動いてないでしょ？　筋肉が休止してるみたい」

夏子は呆然としてうなずいた。すごい、なんでわかったんだ。確かにここ三か月くらい、水泳どころか運動らしい運動なんてまったくしていないからだ。夏子は棒立ちになってゴリラの顔を見つめていた。

「あら、固まっちゃった。だいぶ緊張してるみたいね、ウフフ」

そう言って筋肉オバケは怪しく笑った。固まらせてるのはあんたでしょうに、と思うがもちろん言葉は出てこない。

「大丈夫大丈夫、すぐに慣れるから。ねっ、ポッチョ？」

ハイッ、とにこにこしながら沙耶花がうなずく。慣れる？　何に？　この場の雰囲気に？　それともあんたに？　永遠にムリだからそれは。

カーンとゴングが鳴り響く。リング上にいるバッキンガム先輩がこちらに向かって声を上げた。

「サーシャ、まだいける？」

「もちろんです」

沙耶花が目を輝かせて元気よく振り返った。

「お願いしますっ！」

小走りにリングに向かう沙耶花に、ゴリラ、いや弓削さんが声をかけた。

「ああ、ポッチョ、アブドーラが来たら今日はジャイアントスイングやろうと思うけど、いける？」

ハイッわかりました、と元気のいい返事をして沙耶花がリングに上っていく。キビキビした動作だ。いや、沙耶花だけではない、弓削さんが登場してからこの場にいる全員の動きが一変した。テンションが上がったというか、緊張感が生まれると同時に、意識が張り詰めて、エネルギーが高まった感じだった。ド滑りのギャグに誰も脱力していないのが夏子には驚きだった。

こっちにいらっしゃいなと言われて、しょうがないので夏子は道場奥のテーブルのほうに移動した。向かい合って腰を下ろす。二人きりで向き合って夏子は少し緊張した。そして、少ししか緊張していない自分にも驚いていた。四月末のあの日以来、両親以外の誰とも会っていない。いや、父親とさえまともに向き合っていない。他人の視線が怖かったし、男から目を向けられると思うだけで気分が悪くなった。それなのに、テーブルをはさんで向き合って見つめられても、見られているという気があまりしなかった。なにか鎌倉の大仏の前に立っているような感じしかしなかった。

改めて見てみると、弓削さんは意外にも若いことに気づいた。スキンヘッドのせいでもっとおっさんかと思っていたのだ。でも顔つきや肌の色には若さが漲（みなぎ）っていた。年はよくわからないが、おっさんということはない、まだ青年ともいえそうな感じを残していた。昨日は、そのあまりに凄まじすぎる外見とド派手な服、そして言動に圧倒されて、そんなことを観察する余裕もなかったのだ。

弓削さんは黒ダイヤのような瞳をまっすぐに夏子に向けている。目鼻だちのはっきりしたその顔は、どことなく歌舞伎役者を思わせた。ここ数か月、他人の視線を避けてきたし、怖くてたまらなかった。なのに、多少の緊張はしていても、恐怖や嫌悪感のようなものは感じていないことが、自分でも不思議だった。

「ねえ、なっちゃん、プロレスは詳しい？　ジャイアントスイングって知ってる？」

夏子は首を振った。プロレスなんて見たこともないし何も知らない。興味もない。

「じゃあいいわ、あたしが教えてあげる」

弓削さんは身体をくねらせてウフフと笑い、妖しく目を光らせた。いや、別に教えてくんなくていいからと夏子は内心で思った。ぜんぜん知りたくないし。夏子の思惑など完全に無視して弓削さんは楽しそうに話し始めた。

「あのね、ジャイアントスイングっていうのはプロレスの技の一つなの。倒れた相手の足首をこうやって両脇に挟むでしょ」

そう言って弓削さんは、着ぐるみのパンダが怒った時にやる、両手を腰に当てるポーズをした。夏子は噴き出しそうになるのをこらえた。スキンヘッドのドマッチョがするポーズではない。

「そうやってくるくる回転するわけ。と～っても簡単な技。同じくらいの体重だったら、別に力も要らないの、遠心力で勝手に回るから」

「でも目も回りそうですね」

夏子は言ってみた。

「ビンゴ！　正解！　天才！」

そう言って弓削さんは人差し指で夏子の額の辺りを指差した。

どうもこの人のリアクションは外国人っぽい。いや、外国人だってここまではしないというくらい大袈裟だ。オカマにしてもやりすぎという感じだ。もっとも夏子は外国人ともオカマとも付き合いがないのでよくわからないが、今まで一度も接したことのないタイプなのはまちがいなかった。

「そうなの、その通りなのよ、この技のポイントは！　あなた、ピンポイントでこの技の真髄を言い当てたわね。あ、今のポイントとピンポイントは駄洒落じゃないのよ。被っちゃっただけ」

無意味な一人ぼけを無視して夏子は疑問を口にした。

「でもそれって、『技』なんですか？　痛くもなんともないと思うんですけど」

「あらま、あらやだ、この子ったらホント痛いとこ突くわね」

そう言って弓削さんはまた身体をくねらせた。

「あら、『痛い』に掛けたわけじゃないのよ。痛くもなんともないのに、痛いとこ突くわねって、あたしそんなベタな駄洒落繰り出さないわ」

だから何の話よ。つっこんでないし、そんなとこ。さっきはみんなの前でタラバガニ少佐とかベタベタなのを繰り出しまくってたくせに。

「ジャイアントスイングはね、あなたが言ったように痛くもなんともないんだけど、ちゃんとした技なの。大技と言ってもいいわ。なにしろゴージャスで見栄えがいいでしょ？」

なるほどと夏子も思った。リング上で人を振り回したらそれは派手だろう。

「これをやると、観客が一回転するごとに『イーチ、ニーイ、サーン』って大合唱になるから、すっごく盛り上がるわけ。でも一つだけ問題があるの、何かわかる？」

「だから目が回るってことじゃないですか？」

「ビンゴ！　正解！　天才！」

そう言って弓削さんは目を丸くして頭を振った。

「あなた悪魔みたいにカンがスルドイわね、ヤバヤバのスルドすぎ」

いや、そんなの小学生にだってわかるでしょ、と思いながら夏子は黙っていた。

「そうなのよ、この技の問題点は目が回るってことなの、回してるほうも回されてる相手も。だから実はダメージは大きい技なのよ。で、どっちのほうがより目が回るかわかる？」

「回されてるほうじゃないですか、遠心力がかかるから」

「ビンゴ！　正解！　天才！」

三回もゆーなっつうの。弓削さんは目をまん丸にして驚いている。真剣なのかふざけているのかよくわからない。でも目がマジなので、ふざけているのではないのだろう。

「あなたホントにキレっキレの切れまくりね、いったい何者？」

お前こそ何者だよ、と言いたくなるのをこらえる。

「ジャイアントスイングは回転数が多ければ多いほど盛り上がるの、観客がみんなで一体になって叫ぶでしょ。だから三回や四回で終わっちゃ駄目なのよ。ほら、それだとイク前に前戯だけで終わっちゃった、みたいなもやもや感が残るわけ、わかるでしょ？」

ぜんぜんわからないがしょうがないのでうなずく。

「だから少なくとも十回、できれば二十回くらい回してほしいわけ」

「二十回もですか？」

今度は夏子も驚いた。二十回も回されたらフラフラになってしまうだろう。あるいは意識が飛んでしまうかもしれない。

「ウフフ、それくらいやると盛り上がるんだけど、回されてるほうが大変なわけ。回すほうはそうでもないの、たいしてパワーもいらない、一度回しちゃえばあとは勝手に回ってくれる。でもあなたも言ったように遠心力が違うから、回されてるほうはさあ大変。で、アフロディテが一度リング上で吐いちゃってね、あれはまずかった。ウチのモットーは『強く、楽しく、美しく』だから。グロいのはいただけないわ」

その格好のあんたが言うな、と思ったが、確かにリング上で吐いたりしたらそれは観客も引くだろう。

「でもジャイアントスイング自体はグロくもなんともない。あたしとしてはこの技が大好きなのよ、ジュウロク、ジュウシーチ、ジュウキューって数えていく時の一体感に萌えるの、なかなかイカせてくれない、いつイカせてくれるの、早くしてでもまだダメよ、もっともっと、みたいな。エクスタシーがどんどん嵩まっていくみたいな感じっていうのかしら、わかるでしょ？」

これもまったくわからないがしょうがないのでうなずく。

「でも、リングで吐いちゃって以来、みんなこの技かけられるの嫌がっちゃってね。やりたくてもやれなくなっちゃったの。それで、ポッチョに試してみたの。驚いちゃったわ、あの子、二十回以上回されてもけろっとしてるのよ、あれにはぶっとんだわね。回したほうのアブドーラなんてヘロヘロで立っていられないくらいだっていうのに。この平衡（へいこう）感覚は生まれつきのものね、ほら、三半規管とかにかかわってるから。船にすぐ酔っちゃう人と、まったく酔わない人がいるでしょ。あれと同じ。それでポッチョのデビューの試合でこれをやってみたの」

「え⁉　沙耶花はもうデビューしてるんですか？」

夏子は仰天して聞いた。あんな体形のプロレスラーでいいんだろうか。道場にはざっと十五人ほどのレスラーがいたが、沙耶花だけが完全に場違いともいえる体形だった。バッファローやライオンやチーターなどの野性味溢れる群れの中に、まちがえて入り込んでしまった小鹿のバンビみたいに見える。夏子の驚きに頓着せず、弓削さんは話を続けた。

「ああ、そうよ。まだ一か月前だけどね。前座の第一試合だけど、デビューにしては上出来だったわ。満点あげてもいいくらい。おーい山田君、ぜんぶ持ってっちゃいなさーい、って声を上げそうになったくらいよ」

上出来なら持ってってっちゃだめでしょ、くれてやれよ座布団。

「中でも観客に大受けしたのがこのジャイアントスイングね。何回回したかわかる？聞いてびっくりおったまげ、なんと二十六回よ」

「二十六回ですか⁉」

夏子は唖然として聞き返した。ちょっと信じられない。

「そう、すごいでしょ。観客は総立ちで数えてたわね、二十回を越えたあたりからエクスタシーの波に飲まれてたから」

なんだか沙耶花は思った以上にスゴイ世界、スゴイ舞台に立っているようだと思った。だいたい、沙耶花がプロレスをやっていること自体がまだ信じられないのだ。それが、すでにデビューを果たして、観客を沸かせているなんて。だが、信じないわけにはいかなかった。昨日の二人の大学生がその証人だ。「大ファンなんです」と二人は目を輝かせていたのだから。「すごかったです」「感動しました」と二人は言っていたのだ。沙耶花はデビュー戦でもうファンの心を掴んだのだ。

「それからブレーンバスターって技あるでしょ、わかる？」

呆然としたまま夏子は首を振る。だからプロレスなんてなんにも知らないのだ。

「これはね、ほらラグビーの時にスクラム組むでしょ。相手と向き合って肩を合わせる、ここまでわかるわね」

わかる、夏子はうなずく。

「そこから、相手の身体を持ち上げて、エビゾリになってそのまま後ろにたたきつけるわけ」

「それは、痛そうですね」

「ウフフ、そうよ、これは痛いわ。さっきはあなた痛いとこ突いたけど、これはほんとに痛いから、さすがのあなたも痛いとこ突けないわね」

どーでもいいところにこだわる男だ。っていうか、男としゃべっている感がまったくない。

「これはプロレスの技の中でももっともポピュラーな技といってもいいんだけど、そのままじゃ面白くない。で、垂直停止バージョンっていうのがあるの」

「垂直停止バージョン？」

「そう。相手を肩に担ぎ上げた時に、一気に後ろにたたきつけるんじゃなくて、そのまま肩に乗っけたままでいるの。ここでも重要なのは、担ぎ上げるほうじゃなくて、技をかけられてるほう。サカサマになったまま身体を一本の棒みたいにして、停止してなきゃいけないから。バランス感覚もなきゃできないわ」

「でも、頭に血が上りそうですね」

「スルドすぎ！　あなた、末恐ろしい子ね、ほんとにナニ者、タダモノじゃないわ」

だからタダモノじゃないのはあんたでしょ、いちいち仰け反らなくてもいいって。

「そうなの、これもまた三半規管系に関係してくるのよ。たいていは二十秒くらいしか保たないの。相手の肩の上でバランス取らなきゃいけないし、傍から見てるよりずっとエネルギーを消耗するものなの。それがポッチョの場合、一分くらい保つから」

「一分ですか⁉」

「そう。これもデビュー戦でやったんだけど、大盛り上がりだったわね」

満足そうに言うと弓削さんは正面から夏子を見つめた。

「なっちゃん、プロレスっていうのはね、相手があってこそなの。恋と同じよ。相手がいるから恋もできる、プロレスもまったく一緒。相手がいなきゃ技をかけられないでしょ？　そしてプロレスは華やかな技をかけるほうばかり目立っちゃうけど、実際は、受け手がいるから成り立つものなの。相手の技をどれだけ受けてあげるか、受けてあげられるか。ほら、これも恋と似てるでしょ？」

恋もプロレスもしたことのない夏子にはわからない。そうなんだろうか？

「それにね、プロレスが他の競技とまったく違う点は、勝ち負けが目的じゃないところなの。他のスポーツは勝つためにやるでしょ？　目的は勝つこと、それが大前提。でもプロレスは違うの。勝ち負けなんてどうでもいいのよ、はっきり言っちゃえば。リングで輝ければ。そして強く楽しく美しくあれば。これって人生も同じじゃない？」

これもよくわからない。勝ち負け以前に、少なくとも今の私の人生は楽しくも美しくもない、と夏子は思う。もちろん輝きなど欠片もない。急に体が冷たくなるような寂しさに襲われた。

「ポッチョはね、とても特殊な能力を持ってるわ。いろんな意味で受けの天才ね、相手を輝かせてくれる」

そう言って弓削さんは、いとおしそうな目でリング上を見やった。リングでは、さっきと同じように沙耶花が絶叫しながらチョップをかましているところだった。やはり、信じられない光景だ。

「パワーもないしジャンプ力もないしスピードもない。ぜんぜんない。おまけにセンスもない。これじゃプロレスなんかできるわけない。絶対にムリ。でも、あの子は受けの天才だった。最初はあたしも気づかなかった。人は誰にでも、気づかない潜在能力が眠っているものね、それを引き出せるって素晴らしいことじゃない？　あ、潜在能力っていっても泡立ててジャブジャブのほうじゃないわよ。アタック！　とかザブ！とか、ここで言わなくていいからね」

　言わないから。

「体もメチャクチャ柔らかいしね、だから大きな怪我もしない。痣はすぐできちゃうけど。コアなファンの間では不死身のサーシャって呼ばれてるみたいね」

　その時、ゴングが鳴って沙耶花が戻ってきた。タオルで汗を拭きながらも、きびきびした足取りだ。昨日、カンタベリーでおたおたしていた女とはとても思えない。が、とても不死身にも見えない。

「ポッチョ、あなたスゴイの連れてきちゃってくれたじゃない？　この子、ハンパなくスゴスギだわ」

　ハイッ、うれしそうに笑いながら沙耶花が返事をする。

「なっちゃんは、とってもすごいんです」

「この子、キレっキレの切れまくりよ、まるで天使がつくったバタフライナイフみたい」

流し目を送る弓削さんを、夏子は呆然と見つめ返していた。

6　ターニングポイント　*Turning point*

競泳には四つの泳法があること、これは小学校三年生くらいになればたいていみんな知っている。水泳にまったく興味や関心もない子でも、オリンピックはたいてい見ているし、ニュースとかでもやっているからだ。クロール・平泳ぎ・背泳ぎ・バタフライの四つは誰でも答えられる。

そのうちで速い順番を聞いてみると、答えられない子が多かった。いや、クロールは全員が正解、すぐに答えられる。クロールが一番速いことくらいはみんなわかる。スイミングクラブなどで習っていなくても、学校のプールの時間で最初に習うのがクロールだからだ。上手い下手はあるにしてもクロールはたいていの子ができる。一番自然な泳ぎ方だからかもしれない。歩く時に右足左足と出すのとおなじ感覚で、両手で右、左、と交互に腕を伸ばして水をかいていく。足は誰にでもできるバタ足。泳ぎ方としてはもっとも自然で簡単、スピードも出る。

「次に速いのは、たぶん平泳ぎだよね？」

という答えが多かった。クロールの次に覚えるのが平泳ぎだからかもしれない。いや、クロールができなくても、平泳ぎはできる、という子もいる。初めて水泳をする子には、水に顔をつけることに恐怖心を感じる子もいるので、顔を上げたままで泳ぐことのできる平泳ぎは安心感があるのだろう。タイムを競うための本格的な泳法の場合はもちろん顔を水につけるが、顔を上げたままでも前にはちゃんと進む。荒木（あらき）コーチは平泳ぎがもっとも古い泳ぎ方、と言っていた。

「遊園地のプールとか海とかじゃ、クロールよか平泳ぎで泳いでいる人のほうがずっと多いよ」

「うん、女の人、若いお姉さんたちはみんな平泳ぎだよね、髪濡らしたくないから」

「若いお姉さんだけじゃないよ、女の人はたいていみんなそうだよ。うちのママは平泳ぎでしか泳がないもん」

「あと、カツラのおじさんとかも」

キャハハとみんなで笑った。ここまでは簡単に答えが出る。クロール、平泳ぎ、まではみんなすぐにわかる。そして、背泳ぎとバタフライのところで、「?」となってしまう。

「たぶん、クロール・平泳ぎの次に速いのは背泳ぎだよね?」

自信なさげにそう答える。わかりやすく言えば、背泳ぎはクロールをひっくり返した泳ぎ方、ということになる。でも、後ろ向きに歩く人はいないし、後ろ向きに走るのはかなり大変だ。陸上競技では、短距離でも長距離でも後ろ向きに走る、という種目はない。実際に後ろ向きに走ってみるとわかるが、まっすぐに進むのはかなり大変だし、勢いがつくと転倒する。

背泳ぎも同じで、最初はまっすぐに進むのは難しい。というより、背泳ぎが嫌い、怖い、という子もかなり多い。理由はいくつかある。仰向けだと鼻から水が入りやすい。まっすぐ進めなくて、プラスチックのコースロープに手をぶつけてしまう。そして、背泳ぎをやったことのある子がたぶんみんな経験する羽目になる頭ゴッツン。距離感がわからず、脳天からプール壁に激突してしまうあれだ。

「あれ、すんごい痛いよね、目から火が出たよ」

「そうそう、で、めっちゃむかつくよね。誰に怒っていいんだかわかんないから、余計にむかつく」

「だいたい後ろ向きで泳ぐ意味なくない？　ラッコじゃないんだから」

「ラッコの場合、食事体勢なんだよ。貝とか食べる時だけ」

「泳ぎながらチーズバーガーとか食べたらおいしいかも」

「あ、私はモスチーズバーガーがいい！」

「モスはムリだって。あれ、フツーに食べるのも難しいんだから」

そして、圧倒的に人気がないのがバタフライだった。バタフライが一番遅いと思っている子がほとんどなのだ。

「あの泳ぎ方、ぜったい変！　腰くねくねして、なんかバカみたい」

「あれ考えた人、ヘンタイだよ、きっと」

「やってみたけど、ぜんぜん前に進まなかったし」

「っていうか、溺れてるのかと思ったよ」

「バタフライって要らなくない？」

夏子は学校でクラスメートだけでなく他のクラスの子たちにも聞いてみたが、反応が似たようなことになるのに驚いていた。学校のプールの時間しか水泳をやったことのない、あまり水泳に興味も関心もない人の多くは速い順番をこう思っている。

クロール―平泳ぎ―背泳ぎ―バタフライ
でも実際は違う。本格的に競泳をやっている子は誰でも知っているが、実際は、
クロール―バタフライ―背泳ぎ―平泳ぎ
の順で速い。オリンピックはもちろん、日本選手権やインターハイなどでもこの順番は不動だ。クロールが圧倒的に速くて、平泳ぎはタイム的にはかなり遅くなる。バタフライは二番目に速い泳ぎなのだ。そう学校の友だちに教えてあげると、みんな一様にびっくりした顔になる。

「うそでしょ！　ホントに？　バタフライってそんな速いの？」

でもこれは、水泳を本格的にやった場合の話だ。みんなが言うように、学校のプールでしか泳いだことがなければ、バタフライや背泳ぎよりも、平泳ぎのほうが断然速い。これは大人でも同じだろう。というか、背泳ぎがうまくできない、バタフライはまったくできない、という人のほうが普通かもしれない。雪が江戸川で見たように、溺れている人を救助に向かう時、バタフライや背泳ぎで駆けつけるような人は一人もいない。いたとしたらかなり間抜けだろう。

三年生くらいの時にバタフライがある程度泳げるようになった夏子は、その泳ぎに夢中になった。すっかりはまっていた。バタフライは、変な泳ぎナンバーワンだけあって最初はとっつきにくいし難しい。コツをつかむまでにはそれなりの時間がかかる。でも一度コツをつかんでしまうと、ものすごい快感がある。夏子の場合、百メートルではクロールよりもバタフライのほうが速いというくらいだった。でもそれは小六くらいまでだった。そこでぱったりタイムが止まってしまった。

転機は荒木コーチの言葉だった。

荒木コーチは夏子が子どもの頃から教わっている女性コーチだ。指導は厳しくもちろん叱られることもあるが、言葉使いがとても丁寧でえこひいきもしないのでみんなから慕われていた。小さな子どもにもさん付けで話をする。もちろん夏子も大好きなコーチだった。

「夏子さん、背泳ぎやってみる気ない？」

中学に上がったばかりの頃、荒木コーチにそう言われた時、夏子は異様な羞恥心に襲われてうつむいてしまった。まるで胸の大きさを指摘されたような気がしたのだ。競泳では水の抵抗を減らすということがとても大事なポイントだ。上達すればするほど、「水の抵抗」が重要なファクターになってくる。とくにバタフライや平泳ぎは、体全体を一度水中に沈めるため、体形がもろにタイムに影響する。胸が大きいのは抵抗がかかるしどうしても不利だった。もっとも、競泳だけに限らない。マラソンでもフィギュアスケートでも棒高飛びでも新体操でも、ほとんどのスポーツであまりにも大きい胸は邪魔になるだけだ。胸の大きさは不利にこそなれ、決してアドバンテージにはならない。

「夏子さん、前から思ってたのよ私。あなた、逆回転のほうが肩がきれいに回ってるし力強い気がするの。肩の関節がとても柔軟なのよね」

コーチはよく見てくれているんだな、と夏子はうれしかった。たしかに肩関節は背中にたすき掛けに回した手で握手できるほど柔らかかったし、背泳ぎ特有の後ろに腕をかく動きには自信があったからだ。

「ちょっとたとえが変かもしれないけど、鉄棒にも順手と逆手があるでしょ？　テニスもフォアとバックハンドがある。夏子さんの場合、手を後ろに回転させるほうが力強くて巧みな感じがするのよ。あ、逆手とバックハンドはあくまでたとえで、ちょっと意味合いが変だけど」

コーチの言いたいことはわかった。

自由形の手を交互に前に出す動き、バタフライの両手をそろえて肩を回す動き、平泳ぎの両手を水平にかく動き、そして背泳ぎの交互に後ろにかく動き。モーションやメカニズムがそれぞれ違う。そして、個人によって向き不向きがある。

「それがバタフライだと、なんとなく活きてない気がするの。水面に躍り上がる時の勢いが弱くなってるし、水の流れをうまくつかんでない。特に去年あたりから、躍動感がなくなってる気がするの。私の言ってることわかるわね？」

それは夏子自身もなんとなく思っていたことだった。一つは体の変化の影響もあるし、心理的なものもある。

「それともこの先もバタフライでいく？　あなたがそうしたいっていうんなら無理には勧めない。やりたくないことをやっても限界があるから。背泳ぎには抵抗がある？」

「そんなことないです」

別に背泳ぎが嫌いとか苦手だというわけでもなかった。むしろ、背泳ぎはなにげに得意かも、と自分でも密かに思っていた。ただ、背泳ぎに転向することはまったく考えていなかった。理由は二つある。一つは、塔子と種目がかぶってしまうこと。もう一つは、胸をそらして泳がねばならないということ。クラブでは自分の専門の泳ぎだけで練習するわけではない。ウォーミングアップでクロールは必ず泳ぐし、平泳ぎや背泳ぎでも泳ぐ。ある時、背泳ぎで泳いでいる時に口の悪い男子に言われた言葉で深く傷ついてしまった。

「夏子が背泳ぎすると、胸がわっさわさ揺れるぞ」

恥ずかしさと悔しさと怒りで涙が出そうになった。それ以来、背泳ぎをするのに羞恥心を覚えるようになった。委縮してしまったといってもいい。

「私は思うんだけど、あなた、背泳ぎのほうが可能性があると思う」

「でも、どうして自由形や平泳ぎじゃなくて背泳ぎなんですか？」

夏子は思い切って言ってみた。

「それはあなたもわかってるんじゃない？」

そう言って荒木コーチはくすくす笑った。もちろん夏子もわかっていた。わかっていて聞いたのだ。つまるところ、水の抵抗、だ。背泳ぎが他の三種と絶対的に違うところがある。背泳ぎだけが唯一、仰向けなのだ。うつ伏せになって身体を下に向けている三種と違い、比較的水の抵抗を受けなくてもすむ。なにしろ天井に身体を向けているのだから、体が水にもぐってしまうバタフライや平泳ぎとは違う。自分で聞いておきながら、やっぱり胸だ、と夏子は赤くなってしまった。

「夏子さん、おばさんだけど私も女よ」

夏子の内心の動揺を読んだかのように、荒木コーチは苦笑しながら言った。

「いえ、コーチはおばさんなんかじゃないです」

夏子は慌ててそう言った。本心だった。荒木コーチは四十を過ぎているという話だったが、とても若々しく見えた。贅肉などまったく付いていないしなやかなその体つきと奇麗な肌は、おばさんにはとても見えなかった。

「女にとって胸が大きいのは何にも悪いことじゃない」

「でもコーチ」

と、夏子はここのところずっと思っていたことを思い切って聞いてみた。

「大会の上位に入る子や、それからトップレベルの選手に私みたいな体形の人はいないと思うんです」

極端に大きい胸、とは恥ずかしくて言えなかった。水泳には、水泳体形というものがある。これは水泳に関心のない人でもわかることだ。テレビでやっている日本選手権を見ればわかるし、ニュースでちらっと流す映像を見るだけで誰でも気づく。トップスイマーに太っている人はいない、ということだ。お相撲さんのようなトップスイマーはいない。というより、なれない。水の抵抗が大きすぎて、スピードを出すことができないからだ。でも、マラソン選手のように極端に痩せている人もいない。推進するパワーが出ないからだ。トップスイマーはすべて肩や上腕筋が盛り上がった逆三角形だ。男子は遠山の金さんの肩衣みたいに肩が張っているし、男子ほどでもないが女子も同じだ。夏子は一度、大会会場でオリンピック候補というバタフライの女子選手を生で見たことがある。とんでもない肩をしていた。

ようするに、トップになれば、いや、トップに近づくには、それ相応の体形が必要だということだ。もっとも、これは競泳に限ったことではないかもしれない。マラソンにはマラソンの、棒高跳びには棒高跳びの、重量挙げには重量挙げの体形というものがある。

遊びや趣味ならともかく、本格的に競泳をやっている選手に極端に胸が大きい人というのは非常に少ない。というか、ほとんどいないといってもいい。少なくとも、夏子のスイミングクラブには一人もいなかった。みな、小さいか、大きくても引き締まっていて、せいぜいタイトな競泳水着で目立たなくなるくらいの大きさだ。夏子のように、両手を回転させることを繰り返すために、自然に引き締まってくるからだろう。「巨乳バタフライ」とか「デカぱい蝶々」などと男の子たちにからかわれるような体形の子はいない。

「そうね、夏子さんの場合は、稀(まれ)というか、ちょっと特殊なケースかもしれないわね」

特殊なケース……夏子は思わず泣きそうになった。やっぱり自分は変だったんだ。自分は競泳には向かない体形だったんだ。いくら練習したって、こんな体形じゃスピードは出ないし、タイムも伸びないだろう。夏子はうつむいたまま涙がこぼれそうになるのを必死にこらえていた。

「夏子さん、ちょっと顔を上げて私の顔をちゃんと見なさい」

荒木コーチが鋭く言った。夏子はドキリとしながら顔を上げた。荒木コーチがこんなにきつい口調で何か言うのを聞くのは初めてだったからだ。

「あなた、自分の泳ぎが上達しないのを胸のせいにしてない？　胸が大きいからタイムが伸びないって思ってない？」

夏子はうつむいてしまった。確かに、それはあるかもしれない、と思った。

「夏子さん、人はそれぞれ誰でもハンデを抱えてるものよ。それは、オリンピックに出るような選手でもそうよ」

オリンピックに出る選手でも？　違う気がする、と思ったが黙っていた。オリンピックに出るような選手はあらゆる才能に恵まれているに違いない。いや、オリンピックなんてはるか上のレベルはともかく、ジュニアで上位に行くような子にはハンデなんてないように夏子には思えた。

「私はこれまで、右ひじから先のない子に教えたこともあるし、事故で左足を失った子に教えたこともある。でも、その子たちは、それを受け入れて、自分の状態を受け入れてやってたわよ。自分のハンデを言い訳になんてしていなかった。あなたはどう？」

「……」

「ハンデを言い訳にしてたら絶対に先には進めない。ハンデを乗り越えた時に新しい景色が見えてくるのよ」

夏子は情けなさでいたたまれずにうつむいたままでいた。荒木コーチは、優しい口調になってこう言った。

「あなたが胸の大きさにホントに悩んでるのはわかってるつもり。嫌な視線を向けられたり、心無い言葉をぶつけられたりして、傷ついてるのもわかってる。あなたくらいの年齢なら、ホントに傷つくと思う。夏子さん、私にも、あなたと同じ年齢の時があったのよ。そして、その頃に、男子に言われた言葉をいまだに覚えてる。こんなおばさんになっても、まだ覚えていて、胸が痛くなる」

荒木コーチは口元に小さな微笑を浮かべて続けた。

「あなたのタイムが伸び悩んでるのは、体形のせいじゃない。メンタルのほうがずっと大きいと私は思う。でも、自分でコントロールできないことを恨んだり八つ当たりしたりしてもしょうがない。それより、自分がコントロールできることに集中しなさい」

　夏子は黙ってうなずいた。

「私なんか、羨ましいくらいよ。堂々としてなさい」

　珍しく冗談っぽく言って、荒木コーチは笑った。コーチの言葉に、灰色の雲が一気に晴れていくような気持ちになった。堂々としてればいい……そうか、堂々としてればいいんだ。夏子はこらえきれずにちょっとだけ泣いてしまった。でもすぐに涙をぬぐって顔を上げた。

「あなたは器用だし、スタミナもあるからメドレーもありだと思うけど、スタートがねえ」

　と荒木コーチはちょっと困った顔をした。夏子は黙ってうなずいた。

　水泳という競技で、もっとも距離を稼げるのは実は水中ではない。空中を跳んでいる時だ。つまりスタートをして飛び込むその一連のモーションで最大の距離を稼ぐことができる。そして背泳ぎが他の種目と違うもう一つ大きな点は、仰向けということだけでなく、スタートの時に飛び込まないというところだった。

　夏子はずっとこの飛び込みを苦手としていた。キック力はみんなに引けを取らないのに、スタートで必ず出遅れた。水泳を始めた頃から水が怖いと思った記憶はないが、飛び込みの練習の時は最初から怖かった。飛び込み台というのは初めて上がった人にはとても高く感じられるものだ。夏子はもともと極度の高所恐怖症で、ジャングルジムには三段目までしか登れなかったし、滑り台には近寄りもしなかった。

もちろん水泳の飛び込みは慣れもあって、練習を繰り返すことによって克服することはできる。でも嫌いという感情はどうしようもなく、だから練習も身が入らない。飛び込みは夏子にとって今でも大きな課題であり、さらに言えば苦痛だった。

個人メドレーの場合、最初がバタフライなので飛び込まなければならない。だが背泳ぎの場合は最初から水の中にいる。これは心理的に負担が少ない。高いスタート台に乗っている時と違って、タイミングがはるかに取りやすい。バサロも決して苦手ではなかった。そして夏子は、性格的に一つのことに集中したいタイプだった。

「で、どうする？」

「ハイッ、やってみます。背泳ぎをやってみます」

夏子が決意を込めて言うと、荒木コーチはにっこり笑ってうなずいた。でも言ってしまってから、夏子はちょっとだけ戸惑ってしまった。一つ心に引っかかるものがあった。

「でも、塔子が……」

「塔子さんがどうしたの？」

「いえ……」

夏子は口ごもってしまった。背泳ぎに転向すれば塔子と競わなければならない。ライバルになってしまう。それは、なんとなくいやだった。荒木コーチは苦笑しながらこう言った。

「あなたはね、もう中学生なのよ。お友だち付き合いももちろん大事だけど、競技の上では関係ない。みんなライバルなの。それにあなた、今の段階では塔子さんの足元にも及ばない。違う？」

その通りだった。塔子は背泳ぎで大会の上位に入る実力者なのだ。レベルが違いすぎる。ライバルなどには到底なれない。

「でもね、あなたは小さい頃から器用だったし、センスだって悪くない」

「でも、塔子みたいなセンスはないです」

と夏子は正直な感想を言った。

「確かに塔子さんのセンスは抜群ね。でも、競泳はセンスだけで上達するほどあまくない。もっと奥が深いものよ。まあ、人のことはあまり気にしなくていいわ。まず、自分のことでしょ。塔子さんに追いつき追い越すくらいの気持ちでやってみなさい」

「ハイッ、わかりました！」

夏子は久しぶりに曇りのない笑顔で元気よく返事をしていた。

塔子に、背泳ぎに変更すると告げる時はかなり緊張した。ふーん、私と競うつもりなんだ、などと冷たく言われるかと思ったのだ。たまに塔子はそういう態度をとることがあったからだ。でも塔子はもうそれほど子どもではなかった。いつもの通りにクールな顔つきのままで、まったく気にする素振りがなかった。それは夏子をほっとさせた。少し気を悪くするのではないかと思っていたのだが、夏子などに負けるはずがないという自信があったのだろう。塔子は、じゃあメドレーに四人で出れなくなっちゃうねと笑っただけだった。つまり、選ばれるのは自分だからということだ。

ほっとすると同時に、かすかな反発心が芽生えるのを感じた。塔子には見た目ではとてもかなわない。成績でもかなわない。塔子は小学生の頃から頭がよかったが、中学でも最初のテストで学年で三番だった。見た目や成績で競うことは無理でも、水泳なら、と夏子は内心で思っていた。塔子の泳ぎには確かにセンスが感じられた。でも馬力やスタミナがそれほどない。一生懸命やれば、追い越すことは無理でも追いつくくらいはできるかもしれない、そう思った。

でももちろんそんなに甘くなかった。その夏は市の大会で入賞すらできずに終わった。同種目の塔子は、一年生ながら市の大会で一位、県大会でも二位という実力通りの結果を残した。

荒木コーチは、そんなすぐに結果は出ないわ、凹まないで続けることよと励ましてくれたが、夏子はそれほど落ち込んでいたわけではなかった。そんなに簡単なものではないということは子どもながらにもわかっていたからだ。塔子と比べることなんておこがましすぎる。入賞するような子は、それ一本に絞って練習してきているのだ。小さな頃からクロール一筋で、他の三種はろくにやってない雪でさえ、そのクロールで入賞できないのだ。転向してすぐに結果など出るわけがないと自分でも思っていた。

でも背泳ぎは自分に合っていると夏子は感じていた。仰向けで泳ぐのは気分がよかったし、コーチが指摘してくれたように、肩の回転もなめらかだった。肩を逆回転で回したほうがしっくりくる。水をかくというより、水の壁を掌で押し付けて身体を前方に引っ張り上げるというような感覚だ。推進力が違うのをはっきりと感じることができた。それに体が上を向いているので水の抵抗が少ない。大きな胸が不利になるわけではない。

それよりも大きなことは心境の変化だった。もう胸の大きさを言い訳にするのをやめようと思ったことだ。小六以来タイムがぱったり止まってしまったことを、体形の変化のせいにしていた。胸が大きくなってしまったせいだ、とそればかり考えていた。でもコーチが言う通り、それはだれにでもあることだ。背の低い子もいれば、腕や脚が短い子もいるし、掌が小さい子もいる。荒木コーチが言ったように、腕や脚がない子だって頑張ってやっているのだ。それに比べたら私なんてはるかに恵まれている。胸が大きいくらいどうってことないんだ……そう思えたことで何かが変わった。もう、男の子たちに何を言われたってそれほど動じないようになっていた。

それから半年余りたってからのことだった。

あれっ、あれっ、あれっ？　なんだろうこの感覚……。

背泳ぎに本格的に転向した年の、十月終わりくらいの頃だった。夏子は泳ぎながらも戸惑いを感じていた。いつものように練習している途中で、今までおぼえたことのない不思議な感触を掴んだのだ。水面に体が乗っかっているような不思議な感覚。体が水に浮くような感覚は経験している。でも、水面に乗っかっているような感覚に襲われたことは今までなかった。これっていったいなんだろう、と自分でも戸惑うほどだった。まるで仰向けのアメンボになったみたいだ。中学一年、十三歳の秋のことだった。

そしてその不思議な感覚、水面に乗っているようなフィーリングを掴んだ後の記録の伸びは自分でも驚くほどだった。なにしろ、週末にタイムを計るたびに自己記録を更新する、というような感じだったのだ。秋が過ぎ、冬が来て、春を迎えた。その間ずっと、少しずつではあるが確実にタイムが縮んできた。

「ほらね、夏子さん、私の言った通りでしょ？　あなたは背泳ぎが合ってるって」

　二年生に上がったばかりの頃、荒木コーチに言われた。

「ハイッ、私もそう感じます」

　荒木コーチの得意そうな、そしてうれしそうな笑顔を見るのは本当に気持ちがよかった。それに、泳ぐのが楽しくてたまらないという日が続いていたのだ。記録がどんどん伸びるのだから楽しくないわけがない。はるか遠く、見えないくらい遠くにいた塔子の背中が見えてきたような感じだった。

「女子の場合、こういう奇跡的な飛躍があるのよね。中学時代に信じられないくらい伸びる子がいる、あなたがそうよ、夏子さん。六歳からやってるし、もともとあなた器用だったしね。その積み重ねが一気に開花した感じね」

　夏子とは反対に塔子のタイムは伸び悩んでいた。

「塔子さん、今は辛抱の時期よ。落ち込むことないのよ」

　誰にでも平等に目を配る荒木コーチはいつも励ましていた。

「タイムは急に伸びたりするけど、急に止まってしまうこともある。そういうサイクルっていうか、スパンがあるものよ。腐らないで続けていればまたちゃんとタイムは伸びてくるから」

塔子はうなずいて聞いていたが、その表情は硬かった。塔子はもともとスイミングクラブにいるすべての生徒の中でもセンスがよく、運動神経も優れていた。だが、思春期を迎えたあたりから伸びが止まってしまったという感じだった。

その頃から、塔子との関係が微妙になった。それはたぶん、自分にも悪いところがあったからかもしれない、と夏子は思う。タイムを計るたびにはしゃぎすぎた。うれしくて自然にキャーキャー騒いで、それが塔子の癇に障っていたのかもしれない。

「夏子、もうすぐ私を抜いちゃうね」

ある日、更衣室で二人きりの時にそう言われた。

「えー、そんなことないって。ムリだよー」

と、夏子は明るく返した。でも、内心ではもしかしたらありうるかもと思っていた。

「夏子、そういう謙遜みたいな言葉、なんか気持ち悪いから」

そうぴしゃりと言うと、塔子は出ていった。夏子は頬に平手打ちをくらったような衝撃を受けた。しばらくの間、身体は凍ったように固まったままだった。涙があふれてきたが、それを拭うこともできなかった。

でも、じゃあどう言えばいいのよ。いくら友だちだからって、競技のことは仕方がない。荒木コーチもそう言っていた。自分は、自分ができることを精いっぱいやるしかない、夏子はそう思うしかなかった。

そして塔子の予言めいた言葉は現実になった。三年生の夏の大会ではなんと塔子を押さえて優勝してしまった。夏子の名は一躍全国区に躍り出た。荒木コーチの言ったような奇跡的な展開に、自分でもうれしいというより呆然とする感じだった。

中学の入学式の時に四人で誓ったメドレーでの優勝はかなわなかった。いや、大会のメドレーリレーではちゃんと優勝できた。だが出場したのは夏子だけだった。塔子は種目がかぶっているので出られず、エリサと雪は記録が伸びずに、下級生に取って代わられたからだ。メドレーの選手を選ぶのはもちろんコーチ陣で、本人の希望だけではどうしようもない。優勝できたことはもちろん夏子にとってうれしかったが、何となく後ろめたいような気持ちにもなった。子どもの頃に四人で見た夢を、自分だけが叶えてしまったような、そんなグレーな気持ちだった。

中三の春くらいからエリサはクラブをサボるようになった。それは水着になるのがいやだったからだろうと夏子は思っていた。エリサの下半身はちょっと気の毒なほど大きくなりすぎていた。

夏子の女性ホルモンが胸にだけ集中したとすれば、エリサの場合は下半身だけに集中してしまった感じだった。上半身は普通なのに、腰から下が目立って巨大でいびつだった。学校でもクラブでも、男子は陰で下半身デブと呼んでいた。さすがにもう小学生ではないから面と向かって呼んだりはしないが、「ひょうたん」とか「下半身横綱」とか「ドテかぼちゃ」などとひどい仇名を付けられていることはみんな知っていた。エリサはそれをとても気にしていたし傷ついていて、夏子は本気で同情していた。好きでそうなっているわけではないのだ。自分ではどうしようもないことなのだ。夏子も似たような悩みを抱えているだけにエリサへの同情は嘘偽りないものだった。胸と同じように、下半身も競泳水着では隠しようがない。見栄えが悪いだけでなく、タイム的にもはっきりと影響が出てくる。特にエリサの種目である平泳ぎは水の抵抗が最も大きい。ストロークで腕は水に潜ったままで、足を大きく広げて水を蹴る泳法だ。背泳ぎや自由形やバタフライとはまったく違う。その三種は足をぴったり閉じたまま上下に蹴る。平泳ぎだけが特殊で、足を大きく水平に広げて水を蹴る。下半身のモーションやメカニズムがまったく違うのだ。下半身だけ異様に太いというのは、決して有利には働かない。そしてエリサの場合、二年生の終わりの頃から記録が完全に止まっていた。むしろ、遅くなったとさえ言ってよかった。

エリサとは、二人きりの時に互いのコンプレックスを慰めあう関係だった。

「でも、お尻が大きいより巨乳のほうがまだましだって」

と、エリサはため息をつきながら言った。

「ちょっと、巨乳ってのやめてよ」

夏子は巨乳という言葉が大嫌いだった。

「いいじゃん、巨乳のほうが男子にはもてそうだし」

「やだ、そんなことでもてたってぜんぜんうれしくないし」

それは夏子の本心だった。巨乳だから好き、というのはブスだけど胸が大きいからまあ許す、みたいな侮蔑的なニュアンスが感じられて、たまらなく不愉快だった。胸の大きさは私という人間の一部でしかないし、努力して得たものでもない。むしろ、意思とは関係なく勝手に膨らんでいる厄介で迷惑至極の代物だ。

「でも、そんなこと言ったらお尻が大きい子が好きっていう男子もいっぱいいるじゃん」

「大きすぎたらだめでしょ」とエリサはため息をついた。「下半身デブとか言われるし」

「デブなんかじゃないって」夏子は真剣に言った。「エリサの腰とか太ももは筋肉だもん、ただの脂肪じゃないんだから。デブとかそういうんじゃないよ」

「まあそう言ってくれるのはうれしいけど、見かけは一緒でしょ」

「それは私も同じでしょ」

と、夏子もため息をついた。そして二人で顔を見合わせて、声を出さずに笑いあった。体の悩み、自分が心底気にしている悩みを打ち明けられる友だちがいることは気持ちが休まることだった。話したところで解決するわけではないが、気持ちが軽くなる。

雪は毛深いことを気にしていたが、夏子の目から見ればそんなのはたいしたことではなかった。確かに雪の二の腕は少し毛深いような気もしたが、さほど目立つこともない。それに、気になるんだったら脱毛なんて簡単だ。剃ればいいだけだ。

「ねえ、塔子のコンプレックスって知ってる？」

「え？　塔子にコンプレックスなんてあるの？」

夏子はびっくりして声を上げてしまった。塔子は美人で足も長くスタイルは抜群だ。学年ではもちろん、学校でも一番の美少女と言われていた。競泳のセンスもあり、おまけに成績も上位にいる。

「背中にほくろが多いのが悩みなんだとさ」

エリサは苦笑しながら言った。

「数えてみたら十三個もあったって」

「そうなんだ。でもぜんぜん気づかなかった」

競泳水着は背中が大きく開いている。夏子は子どもの頃から何年も塔子の水着姿を見ているが、そんなことは一度も気づかなかった。

「誰も気づかないって、そんなの」エリサは笑いながら言った。「毎日水着姿見てる私たちだって気づかないのにさ。だいたい服着てたら誰にもわかんないし。そんなものをコンプレックスにするなって言いたいよ。私だったら、背中に百個くらいあったって気にしないよ、そんなの」

だね、と夏子も笑わずに同意した。背中にほくろがどれだけあったところで日常生活ではわからない。胸やお尻が大きいことに比べればそんなのは悩みのうちにも入らない。

「あーあ、ホント、神様って不公平だよね」

と、エリサはまたため息をついた。

「塔子なんてさ、あんな美人でスタイル抜群でおまけに頭もよくてさ。何考えてんだろ、神様って。どついてやりたいよ」

こういう時でもエリサの物の言い様はどことなくユーモアがあった。夏子は笑いながら、ホントそうだよね、と深くうなずいた。

「夏子、居場所調べてきてよ、神様の。田舎のおばあちゃん、クリスチャンなんでしょ？」

「わかった、今度聞いてみる」

夏子は笑いながら答えた。

「でも、神様はラスボス中のラスボスだよ。怒鳴りこんでも聞いてくれないんじゃない？」

「たぶんね。でもいいの、ピコピコハンマーかなんかで、後ろから何発か殴れば少しは気持ちが晴れると思うし」

「あ、それいいね。私もやりたい、一緒に行こう！」

雪はもちろん一番の親友だったが、似たような悩みを持ち、慰めあえる関係のエリサも大事な友だちだった……。


人生というのはほんのちょっとしたことで一変するものだ、と夏子は思う。もしあんなことがなかったら、と思うような瞬間だ。中三の夏の初めのことだった。その日、雪は歯医者で遅れて来ることになっていた。更衣室で着替えて塔子、エリサと一緒にプールへ向かう時のことだった。通路で練習を終えた小学校低学年くらいの男の子二人とすれ違った。やんちゃそうな顔つきをしている。

「うわっ、デカケツっ！」と一人がエリサの腰を指差して言うと、もう一人が「ケツデカモンスターだ」と同じように叫び、そのままロッカールームに逃げていった。子どもは時に残酷だ。思ったことを平気で口にする。だが不幸にもその時、夏子の目は窓のほうへと向いていた。練習を終えた子どもたちが、窓ガラスに顔をぴったりとくっつけている。中にいる子たちを笑わせようとしてそんなことをしているのだ。その変な顔が目に入ってぷっと噴き出してしまったのだ。タイミングがあまりにも悪すぎた。すごい形相で振り返ったエリサの顔を見て血の気が引いた。刺すような目。青ざめた頬。口元が引き攣っている。

ほとんど同時に夏子も蒼白になって首を横に振った。違う、エリサを笑ったわけじゃないよ……でもエリサの形相に肝が縮んでしまって言葉が出てこなかった。

「今のひどくない?」と塔子がつららみたいに冷たい声で言った。「そこ、噴き出すとこじゃないって」

違う、違うって！　夏子は懸命に今の状況を説明した。ほら見て、あそこで子どもたちがガラスに鼻押し付けて変顔してるでしょ、それ見て噴いただけ、エリサを笑ったわけじゃない！

夏子は必死に、それこそ死に物狂いになってさっきの状況を説明しながら謝り続けた。

三十分ほども謝り倒して、ようやくエリサは、もういいから、と言った。返事はそれだけだった。その日、夏子は家に帰ってから、状況を細かく手紙に書いた。低学年の頃から四人の間では手紙のやり取りをしたりしていた。決してエリサを笑ったのではないということを説明した。もちろん、謝罪の言葉もくどいほど繰り返した。泣きたいような気持ちで手紙を手渡した。

返事はもらえなかった。

もちろん雪には相談した。話しているうちに少し泣いてしまった。それはタイミングが悪かっただけだよ、と雪は慰めてくれた。

「私からエリサに話してみるよ、大丈夫、エリサはわかってくれるって」

だがその後、雪からフォローの話は何もなかった。夏子も怖くて聞けなかった。

エリサの態度はそれからがらりと変わった。話しかけようと近づいていくだけで露骨にいやな顔をされる。それどころか、廊下ですれ違うと憎悪の光をたたえた瞳で睨みつけてくるようになった。肝が縮む思いで目を伏せるしかなかった。たんなる勘違いなのに、ほんのちょっとした誤解なのに何でこんなことになってしまったんだろう……夏子は涙が出る思いだった。神様がいるなら聞いてみたかった。なぜあんな意地悪で残酷なタイミングを差し込むのかと。そして中三の夏が終わった頃、エリサはクラブをやめた。

それからしばらくして塔子もクラブをやめた。受験勉強に集中したい、という理由だった。確かに塔子は優秀で高校も難関高に入れるだけの成績をキープしていた。でも本当の理由はそうでないことは夏子にはわかっていた。塔子はメドレーリレーに選ばれなかったあたりから、コーチに激しく食って掛かっていた。その時点では、確かに二人は互角といっていいレベルだったのだ。だが選ばれたのは夏子だった。若いスイマーにとって、コーチとの信頼関係が崩れてしまったら成長は難しい。塔子のタイムは止まったままで、そして負けず嫌いの塔子は夏子に抜かれるくらいならやめることを選んだのだ。

学校では二人とはクラスが違ったので、気にしないようにすればやり過ごすことができた。でもクラブは一気に雰囲気が変わった。いつも四人でわいわいおしゃべりをしていた更衣室は、雪と二人になってしまった。

7 リンドバーグ *Lindbergh*

「……でもさ、よく親が反対しなかったよね。だってその時、中一でしょ、入門したの?」

夏子は隣の沙耶花に聞いた。二人は江戸川沿いにある道場を出てから、ランニングコースを並んで歩いていた。雨はすっかりあがり、青い空には立体的な入道雲が浮かんでいた。

小六の頃沙耶花は病弱だったし、学校もしょっちゅう休んでいた。冬などはマスクを付けて真っ赤な顔で咳き込んでいたものだ。背もクラスでもいちばん低かった。でも今は百七十センチと長身の夏子と並んでも、ほんの少し低いだけだ。痩せっぽちなのはあの頃とさして変わりはないが。

結局、夏子は道場での練習を最後まで見てしまった。別に、出て行くタイミングをつかめなかった、というわけではない。むしろ、リング上の選手たちの動きに目を奪われてしまったというほうがいい。そして視線はどうしても沙耶花一人に集中した。

練習しているみんなの中で、沙耶花だけがどうしようもなく異質だった。体形だけではない。動きがひときわ鈍く、遅く、弱く、どんくさかった。小六の頃の、記憶の中にある沙耶花の動きそのものだった。弓削さんが言った通りだと思った。パワーもないしジャンプ力もないしスピードもない。ぜんぜんない。おまけにセンスがあるようにも見えない。ホントにこれでプロレスなんかできるの、というレベルなのだ。

たとえばロープに飛ぶにしても、他の選手は俊敏なステップを踏み、ロープの反動を利用して、加速してリターンしてくる。それが沙耶花の場合、風に泳ぐタンポポの毛のようにユラユラと移動し、ロープにもたれかかるようにしていったん停止、それからトロトロ戻ってくるのだ。スピード感がまったくない。沙耶花に視線を合わせていると、他の選手の動きが二倍速の早回しのように感じるほどだった。

それに他の選手は相手を持ち上げてマットに叩きつけたり、後ろに放り投げたりしていたが、沙耶花はまったくそんなことをしなかった。しない、というより、できないのだろう。相手を持ち上げる力がないのだ。また、他の選手は飛び跳ねてキックを見舞ったり、空中にジャンプしながら浴びせ倒しをしたりしたが、それもできない。子どもの頃、跳び箱を一段も跳べなかった子だ。そんなことはできるわけがない。

要するに、自分でできるアクションもないし、自分からかけられる技もない。沙耶花ができる唯一の攻撃は、チョップとキックだけだ。でも、それって技なの？　そんなことは幼児でもできる、誰でもできる、と夏子は思った。プロレスなんかやったことはもちろん、見たこともない夏子だが、素人の私のほうが絶対にうまくできる、と感じるほどだった。

そして沙耶花が何をしているかというと、相手の攻撃をひたすら受けるのだ。弓削さんは「受けのサーシャ」と言っていたが、早い話、技がないので受けるしかないんじゃないか、と夏子は思った。ザリガニと同じだ。前に進めないから下がるしかないのだ。

「お、お父さんとお母さんにはにゅ、入門したとは言わなかったの。じょ、女子プロレスのマネージャーをやるって言ったの」

沙耶花は舌を出していたずらっぽく笑った。

「ほら、や、野球部にだって女子マネージャーがいるからそれと同じじゃない？　実際入門したって言ったって、最初の頃は、れ、練習なんてさせてもらえなかったから、マネージャーっていうのは嘘でもないの。だ、だって私がプ、プロレスをやるなんていったら、二人とも、き、気絶しちゃうでしょ」

それはそうよね、と夏子は思った。親どころか、沙耶花を知る人ならば誰でも似たような反応になるだろう。今年四年目、と沙耶花は言っていたが、四年目でこれというのはなんというか、ある意味すごい、と夏子は思った。水泳で言えば、バタ足しかできないのと同じかもしれない。夏子は小一で水泳を始めたが、四年後には四種すべてをきちんと泳ぐことができた。いや、夏子だけではない。運動神経がいい子なら、それくらいフツウにできる。

だが考えてみると沙耶花の運動神経は尋常ではない。夏子がこれまで知り合った子の中でぶっちぎりでどんくさい、というくらいの鈍さだ。だいたい、子どもの頃は病弱でしょっちゅう学校を休んでいた子なのだ。それがプロレスだ。ありえない。

こんな子が人前で試合なんかできるのか、いや、していいのか、という思いでリング上の沙耶花を見ていた。にもかかわらず、夏子は視線をそらすことができないでいた。ふざけてるんじゃないか、と思えるほどのろく鈍くスローモーだが、もちろん沙耶花はふざけているわけではない。顔つきは真剣そのものだ。そのアンバランスな存在感には、不思議に目をひきつけるものがあった。視線を集めるという意味では、沙耶花は際立っていたのだ。動きを見ていると、ハラハラして手に汗握る。他の選手は磐石なピラミッドのような安定感があるのだが、沙耶花の場合はワイングラスを積み重ねたタワーのような、いつ崩れてもおかしくない、というドキドキ感があるのだ。

手に汗握る。そういう意味では、華麗な技を繰り出すバッキンガム先輩や、トップロープからダイビングアタックをかけるほかの選手などよりも注目してしまうのだ。ある意味、一人だけ異次元の世界にいるといってもよかった。

「それにさ、沙耶花もうデビューしてるんだって？　すごいじゃない」

沙耶花は恥ずかしそうな顔で手をパタパタ振った。

「デ、デビューっていったって、ホントに前座の前座だから。し、試合時間もたったの七分よ」

「でも、人前で試合するなんてすごいよ」

「なっちゃん、す、すごくなんてないんだってば」

沙耶花は真っ赤な顔でまだパタパタやっている。ムキになっているその様子がなんとなく可愛かった。

「あ、あの時はメ、メインイベントにバ、バッキンガム先輩とベルサイユ先輩のコンビが、タッグマッチで出場したの。そ、そのおこぼれでぜ、前座の第一試合に出させてもらっただけなんだ。でも、と、とってもうれしかったけど」

そう言って沙耶花は目をきらきらさせて笑った。

「でも、緊張しなかった？」

「うーん、し、試合中は、あ、あんまりしなかったような気がするけど……」

「でもたくさんの観客がいたんでしょ？」

「う、うん、そうね。たくさんいたのは後で気づいた。し、試合の時は、ま、まったくお客さんなんて目に入らなかったから。お、終わってから、足がブルブル震えたの」

やっぱりこの子はどこかずれている。赤くなる場面をまちがえるように、緊張する場面もまちがえるのだろう。二人は土手を降りて横断歩道を渡った。

「で、どこに向かってんの」

「リンちゃんの家よ」

さも当然という顔をして沙耶花は言う。誰よ、リンちゃんって。共通の友だちみたいな口調で言われても困る。もう別れよう、とっとと別れようと思っているのに、沙耶花のペースに巻き込まれている。こんなことをしてる場合じゃない、こんなぽわんとした子に付き合っている場合じゃないと内心は思っているのだが、なぜか隣を歩いている自分がいる。なぜだろう？

沙耶花は迷いのない足取りで、いくつかの路地を曲がって、家屋の密集した場所を進んでいく。明らかに何度も来たことがあるといった感じだ。そして古い木造二階建てのアパートに入っていった。控えめに言ってもかなりボロいアパートで、人が住んでいる気配があまり感じられない。錆びた階段を上り、沙耶花はいちばん端の部屋のドアをコンコンとこぶしで軽く叩いた。リンちゃーん、と言いながら何度かノックするが反応がない。

「留守なんじゃない？」

「もう、か、風邪なんだからちゃんと、ね、寝てなきゃだめでしょ」

夏子の問いかけも無視して、沙耶花はドアに文句を言っている。そしてバッグを探ると鍵を取り出し、ドアを開けてしまった。なんで鍵持ってんの、と戸惑う夏子を気にもせず、躊躇なく中に入っていく。しょうがないので夏子も部屋に入った。

間取りは六畳の居間に申し訳程度の台所、奥には四畳半の寝室。エアコンどころかテレビもない。畳はかなり年季が入って変色していたが、部屋には清潔感が漂っていた。古いが掃除が行き届いている。それに極端に物が少ないので、部屋が広く感じられた。

「ここ、もしかして沙耶花のカレシの部屋？」

あらやだ、とおばちゃんのような反応をして沙耶花は笑い出した。

「リンちゃんはじょ、女性よ、名前はミサキっていうの。し、知床岬（しれとこみさき）の、岬」

「ふーん」

岬が名前なのか苗字なのかわからないし、岬なのになんでリンちゃんと呼んでいるのかもわからない。沙耶花は完全に自分のペースで話を進めるので、肝心の説明が何もないのだ。でもそれは別にどうでもいい。そんなことより、いつまでこんな子に付き合っているんだと思う自分がいる。

沙耶花は物慣れた様子で扇風機を回し、冷蔵庫から麦茶を取り出してコップに注いでくれた。喉が渇いていたので、冷たい麦茶は美味しかった。冷蔵庫から取り出したぶどうを皿に盛って出してくれる。二人でテーブルを挟んで座り、しばらく無言で冷えたぶどうを食べた。なんで知らない人の部屋に勝手に上がりこんでぶどうなんて食べてるんだろう？

「でさ、なんで沙耶花がこの部屋の鍵持ってんの？」

「え、どうして？　も、持ってちゃいけない？」

びっくりしたような顔で沙耶花が聞き返す。この子の反応はやっぱり変だ、どこかずれてる、と夏子は思う。キャッチボールをしていて、時折、ボールじゃなくてバナナが返ってくるような感じがする。逆に、私の口のきき方のほうが変なのだろうか？

「いや、いけないことはないけど、だってここ、カレシの部屋じゃないんでしょ？」

「だからリンちゃんは、お、女の子だってば」

沙耶花がおかしそうに笑う。なんだか話がさっぱりかみ合ってない気がする。でも沙耶花はそんなことはまったく気にする様子もない。

「あ、あのね、リンちゃんはすぐ物を失くしちゃう人なの。か、鍵なんてもうしょっちゅう失くすから、私に一つ預けておくのよ。ほら、わ、私の家、ここから近いでしょ？」

知るわけない。沙耶花の家になんて行ったこともないし、どこに住んでいるかも知らないのだ。

「沙耶花の家ってこの辺？」

「七丁目よ、こ、ここから歩いてすぐよ」

「あ、そう。でもそれだと駅までかなり遠いね」

「うん、さ、三十分くらい。で、でも、いいの、私歩くの好きだから」

駅で思い出した。弓削さんってプロレスラーなの、と夏子は聞いてみた。違うよ、と沙耶花は首を振った。

「な、なりたかったみたいだけど、ひ、膝に大怪我をしちゃったから。で、でも大学の時はアマレスの大学選手権で三位になったひ、人よ。す、すごいでしょ？」

沙耶花は自分のことのように誇らしげだ。確かにすごいが、でもプロレスラーでもないのにあの無意味なショー的存在感は何だろう。一般人があんなに目立つ必要はどこにもない。普通の人はあんなカルメンみたいな真っ赤なシャツは絶対に着ない。そもそも、あの人の場合は服というより、コスチュームと言いたくなるほどの凄まじさだ。

「プ、プロレスのことは何でも知っているし、ど、どんな技も知ってる。それに、け、怪我をしない体づくりやトレーニング法も。みんなに尊敬されている素晴らしい師匠よ。話も知的で面白いし」

知的？　あの人、タラバガニ少佐とか言ってたし。面白い？　誰一人笑うどころかくすりともしていなかった。

「でもプロレスラーじゃないんだね」

「うん、お医者様」

夏子は思わず飲んでいた麦茶を噴きかけた。

「あの人、医者なの⁉」

「え、知らなかったの⁉」

沙耶花もびっくりしている。

「知るわけないじゃん」

「き、昨日、い、言わなかったっけ？」

「一言も言ってないし」

沙耶花の顔をまじまじと見るが、とても冗談を言っているとは思えない。でもあんな医者がいるなんて、ありえないでしょ、と夏子の驚きはさめなかった。一般常識から考えてもありえない。ド派手でドマッチョでスキンヘッド、しかもオカマの医者のところに来る患者なんていないでしょうに。

「患者さん、いるの？」

失礼だとはわかっていたが聞かずにはいられなかった。あら予約でいっぱいよ、産婦人科のお医者様よ、と言うので開いた口がふさがらなくなった。嘘でしょ、という言葉しか出てこない。

「じ、実家が錦糸町で大きな病院なの。総合病院。も、もしね、も、もしだけど、しょ、将来私に赤ちゃんができたら弓削さんに、み、診てもらいたい」

マジかよ……言葉も出ない。冗談としか思えないが、常にガチの沙耶花の顔は真剣そのものだ。顔も赤くなっていない。この子の神経はいったいどういう回路をしているんだろう？

でもよく考えてみれば、普通の男の医者よりはずっとましなような気がした。小学校高学年くらいの頃から、身体検査がいやでたまらなくなった。胸が突如爆発しだした小六の頃は、身体検査は嫌悪以外の何物でもなかった。中年の男の医者から胸に聴診器を当てられた時は全身に寒気が走ったものだ。麻疹になった時、親に連れられて近所の町医者に行った時も困った。そのお医者さんは、夏子が子どもの頃から知っているおじいちゃんの医者だったが、おじいちゃん先生自身がインフルエンザでダウンしていた。その日はその孫だという青年が代診として来ていた。若くハンサムな人だったが、それだけに余計恥ずかしさでいたたまれなかった。

それを考えると、産婦人科の先生は絶対に女医さん、男の医者は絶対いやだという気がしたが、弓削さんの場合はアリのような気がした。少なくとも、フツウの男の医者よりは千倍もいい。あまりにもぶっとんでいるので、恥ずかしさを感じなくて済みそうな気がする。いや、あの人の前では羞恥心が吹き飛ぶのだ。そういえば、道場で肩を撫でまわされた時も、嫌悪感のようなものはまったく感じなかった。そう考えると、はやっているというのも嘘ではないのかもしれないと夏子はぼんやりと思ったが、素朴な疑問がわいた。

「でもさ、なんで産婦人科の医者が女子プロレスのコーチなんてやってんのよ？」

「え、ダメなの？」

沙耶花は不思議そうな顔をしている。

「メ、メキシコには神父さんでプロレスラーっていう人も実際にいるんだって」

神父でプロレスラー？　そんなふざけた神の僕（しもべ）でいいんだろうか。神様は寛大だから許してくださるにしても、メキシコ国民はやめさせたほうがいいような気がするけど……。

「ああ、そういえば、プロレスラーで県議会議員、みたいなのもいたね。覆面の」

夏子は以前ニュースで見た、どこかの県の議員を思い出した。スーツ姿に覆面をかぶって議会か何かで演説をしている姿は、子ども心にもずいぶん奇妙に思えた。それに比べると、医者が女子プロレスのコーチをしていることはそれほど変なことではないかもしれない。

「でもさ、いくらなんでも医者があの格好はまずくない？」

あらなっちゃん、と沙耶花はケラケラ笑いだした。

「弓削さんだって病院ではちゃんと、は、白衣着てるわよ。胸のボタンが閉まらないから、特注の白衣だけど」

言われてみればそうだな、と夏子は思った。医者だから当然白衣は着るだろう。白衣を着れば真っ赤なシャツやひまわりみたいな真っ黄色のジーンズは隠れるだろうが、あの尋常ではない雰囲気はそんなものでごまかせるようなものではない気がする……。

その時、玄関先でガチャガチャする音がして、勢いよくドアが開いた。振り返った夏子は、一瞬、思考停止に陥ってしまった。逆光の中に驚くほどの美少年が立っていたからだ。小顔で背はすらりと高く、手足も長い。擦り切れたジーンズにネイビーブルーのTシャツというなんでもないスタイルだが、それがひどく似合っていた。ファッション誌から抜け出してきたみたいだ。

「リンちゃん、か、風邪なんだからおとなしく寝てなきゃだめでしょ」

沙耶花にしては珍しくきつい口調でたしなめるように言う。挨拶も抜きだ。

「ちょっとコンビニに行ってただけだよ」

リンちゃんと呼ばれた美少年はぶっきらぼうに言うと、コンビニの袋を乱暴にテーブルに投げ出した。

「それにもうほとんどいいんだよ。だいたい、暑くて寝てらんないよ」

そう言ってどすんと畳に腰を下ろして胡坐（あぐら）をかいた。なんでもない挙措（きょそ）に夏子は目を奪われていた。なんというか、動作一つ一つがきまっているのだ。動きが鋭角的で、乱暴で、粗野だ。わざとそうしている感じだ。でも、モーションが美しい。所作のすべてがヴィヴィッドだ。夏子は呆然としながら横目で動きを追っていた。

「お、一昨日まで、こ、高熱でうんうんうなってたくせに」

「だからそれは一昨日だろうが。もう二日たってんじゃん、二日もありゃ脱腸だって治るさ」

ぶっきらぼうというか、乱暴な言葉使いと口調は男のものだ。栗毛のショートカット、濃いがすっきりとした眉、涼しげな目元、すらりとした鼻筋、尖った顎。驚くほど整った顔立ちだった。が、その薄い唇には不機嫌そうな感じが漂っていた。美しいと言われることを頑（かたく）なに拒否しているような感じがあった。

もちろん女性だというのはわかる。ヒゲのまったくない肌や凹凸のない喉元、さらさらの細い髪質などは女性そのものだ。でも顔つきや物腰はフェミニンを感じさせない。自分が女性であることを認めない、そうした意志を感じさせるものがあるのだ。拒否しているといってもいい。Tシャツの下にタイトなインナーをつけているせいもあるだろうが、胸のふくらみもほとんど感じられない。ちょっと枠からはみ出たニュートラルさを漂わせていた。呆然と見ている夏子に、その美少年は急に視線を向けた。髪と同じように大きな瞳も茶色だった。

「で、お前誰？」

夏子にまっすぐな視線を向けたままそう言った。いきなりお前誰、は失礼だろうと我に返りながら夏子は思った。むっとしたせいで返事もできない。思わず睨み返していた。きっと恐ろしく目つきが悪いだろうな、と内心思いながらも自分を制御することができない。

「私のしょ、小学生の頃の親友なのよ。なっちゃんっていうの」

沙耶花が紹介してくれるが、やはり「親友」というのがひっかかる。

「あ、そ。で、お前、入門希望者？」

入門？　何に？　あそこに？　するわけないでしょうに。夏子は無言で首を振った。

「今日はね、け、見学に来てもらったのよ」

沙耶花が新しいコップに麦茶を注ぎながら言う。

「だって、昨日私がじょ、女子プロレスやっているって言ったら、し、信じられないみたいだったから、み、見てもらいたかったの」

「まあ、常識的に考えたら、フツー信じねえよな。実際に一緒にやってるオレだって信じらんないくらいだから。お前も驚いたろ？」

夏子はぎこちなくうなずいた。「オレ」とか「お前」とかいう挑戦的な口調にちょっと引いていた夏子だが、それがこのリンちゃんという子のスタイルなのだろうと思うことにした。もっとも、現実離れといえるほどの美少年には、そうした言葉遣いはそれほど違和感がなかった。少なくとも、スキンヘッドのドドマッチョがオカマ言葉で話すよりは百倍も自然だった。

「あ、今日、ラメセスは来てたか？」

「うん、き、来てたよ。バッキンガム先輩もベルサイユ先輩も。ホ、ホイコーロー先輩も最初からき、来てたけどア、アブドーラ先輩は来られなかった。しゅ、出張だって」

「ねえ、そういう芸名は誰が付けるの？　自分で決めるの？」

思わず夏子は聞いていた。

「芸名じゃねえよ」

リンちゃんが噴き出しながら言った。

「リングネームと言ってくれ」

ああ、そうか。レスラーの場合はリングネームというのかと夏子は納得した。プロレスなど何も知らないので、基本的なところがわかっていない。夏子が知っているのはジャイアント馬場とアントニオ猪木くらいのものだ。それも本人を知っているというより、モノマネ芸人がやるのを見て知っている、くらいの知識でしかない。

「わ、私のリングネームはポ、ポチョムキン・サーシャっていうのよ」

くすくす笑いながら沙耶花が言う。なるほど、カンタベリーで沙耶花が芸名なんかじゃないよ、と言っていたのはそういうことか。つまり、リングネームだ。

「リ、リンちゃんは岬だから、リンドバーグ・ミーシャっていうの。弓削さんが付けてくれたのよ」

ああ、それでリンちゃんなのか、とこれもようやく腑に落ちた。

「でもポチョムキンってなによ？」

「ロ、ロシアの戦艦よ」

「じゃあ、リンドバーグは？」

「アメリカのパイロット」

リンちゃんがぶどうを皮のまま口に放り込みながら言う。

「世界で初めて大西洋を飛んだ人だ」

ふーん、と夏子は思った。適当な感想が出てこない。

「わ、私たち、ちょ、超大国コンビってことになってるの。アメリカとロシアだから。べ、別名ＩＣＢＭコンビ」

アハハと口に手を当てて沙耶花は笑う。

「なにそれ？　ＩＢＭ？」

「それはパソコンだろが。インターコンチネンタル・バリスティック・ミサイルの略だよ。なんか知らんけど、かっこいいだろ、響きが」

「どういう意味よ、それ？」

「だから、知らねって」

大陸間弾道ミサイルよ、と沙耶花が説明してくれるが、それでもよくわからない。なんだか、とても変な世界だということがわかるだけだ。

「でもなんで二人とも日本人なのに、ロシアとアメリカなの？」

そういうアングルだからさ、とリンちゃんは当たり前のことのように言った。

「プロレスはストーリーがなくちゃいけないっていうのが弓削さんのポリシーだし。だからサーシャは、エカテリンブルクで処刑されたニコライ二世の皇女が一人生き残った、その末裔っていう設定。そうゆうアングル」

「アングルって、何？」

「まあ、わかりやすく言えばプロフィールだな。プロフが多彩なほうが楽しいじゃん。それに因縁とかもわかりやすいしさ。バッキンガム先輩はイギリス、ベルサイユ先輩はフランス、アブドーラ先輩はジンバブエ……みたいな設定。みんな出身国が違うんだ」

なんのことかさっぱりわからない、と夏子は思った。だいたい全員日本人でしょうに。

「でも、なんで国別対抗なのよ」

「キン肉マンを参考にしたんじゃねーかな、弓削さんが」

「キン肉マン？」夏子の声が思わず裏返った。「あの漫画の？」

読んだことはないが、もちろんそういう少年漫画があるのは知っている。子どもの頃にテレビでやっていたような気もするが、夏子は興味がないのでチラ見もしなかった。

「そ、キン肉マンの超人たちにもちゃんと出身国があるじゃん。ロビンマスクがイギリスで、ウォーズマンがロシアで、カレクックがインド。テリーマンの額にしっかり『米』って書かれてるのが笑えるけどさ」

「そうね。ラ、ラーメンマンのおでこの『中』も、か、可愛いし」

二人で手をたたいて受けているが、夏子は内容を知らないので、ふーん、という感想しか出てこない。

「ちなみに主人公はどこの出身てことになってるの？　日本？」

「お前何言ってんだよ⁉」

リンちゃんが急に眉間に皺を寄せて素っ頓狂な声を上げた。

「キン肉マンはキン肉星にきまってんじゃん。キン肉星の王子だぜ」

「あ、ごめん」

思わず夏子はリンちゃんに謝ったが、そんな、誰でも知っている一般常識、みたいな口調で責めなくてもいいだろうと内心思った。マニアックすぎてついていけない。

二人はキン肉マンのキャラクター話で盛り上がっている。オレは初期の頃のペンタゴンが好きだったな、とか、ベンキマンにキン肉マンが流された時はどうなるかと思っちゃった、とかいう話だ。とてもついていけない。

「ああ、そ、そういえばウチでインジャンジョー先輩だけ、む、無国籍ってなってるよね、リンちゃん、あ、あれどうして？」

「ああ、インジャン先輩は無国籍が国籍ってことになってるからいいんだよ。正体不明で無国籍ってほうが凶悪犯ぽくていいじゃん、ヒールだしね。ウチで唯一のマスクマンだしさ。ああ、マスクウーマンだな、正確に言えば」

「でも、もったいないよね、インジャンジョー先輩、あんなにび、美人なのにマスクウーマンだなんて」

「しょうがねえよ。顔晒したらまずいんだから、社会的地位があるし」

「そ、そうよねえ、け、検事さんだしねえ」

「でも検事のくせにヒールってのが笑えるよな。インジャン先輩、急所攻撃とか反則すれすれの技大好きじゃん。でも実際は、悪人を懲らしめてんだから笑えるよな」

「検事って、あの警察とか裁判の時の検事さん？」

夏子はびっくりして聞き返した。よく知らないが、かなり頭がよくなければなれない職業なのではないだろうか。

「検事ってそれしかないじゃん」

リンちゃんは笑わずに言った。

「ウチはみんな仕事持ってんだよ。バッキンガムさんはレストランのオーナーだし、ベルサイユさんは看護師だし、アブドーラさんは会計士だし、ホイコーローさんは宝石店で働いてる。他もみんなちゃんとした職についてるよ。あとは学生。定職に就いてないのはオレくらいだよ、バイトなんてさ」

「でもプロレスって、プロレスラーって職業じゃないの？　それとも、あれは趣味？」

趣味とか言うんじゃねーよ、とリンちゃんは横目で夏子を睨んだ。

「お前、プロレス舐めてるだろ？」

夏子はリンちゃんの鋭い視線に戸惑いながら首を縦にも横にもふれずにいた。舐めているとかいう以前に、見たことがなかったのだから、何も知らないといったほうがいい。

「だって私、プロレスっていっても力道山とかしか知らないし」

夏子が言うと、リンちゃんは畳をバシバシたたいて笑い出した。

「力道山って、お前、いつの時代の話だよ」

「テレビとかでたまに映るでしょ。白黒の映像」

「古いって、それ」

「あら、リンちゃん、で、でも力道山は古典じゃない？　わ、私、力道山の空手チョップをお手本にしてるのよ」

沙耶花の台詞にリンちゃんは芋虫のように丸まって笑いこけている。

「サーシャ、力道山に謝れ！　サーシャのへなちょこチョップをプロレスの元祖にすんな！　阿波踊りの手が滑ったみたいな感じだぞ。大阪のおばちゃんが、『あらやだ』って手をこうする時だってもっと動きが速いって」

リンちゃんは苦しそうにお腹を押さえながらようやく座り直した。

「まあ、確かにプロレスは単なるショーだとか小馬鹿にするやつもいる。特に、女子プロの場合はイロモノ扱いされることがあるしさ。どう見るかは人の勝手だからかまわない、見たいように見りゃいいさ。でも、一歩まちがえば大怪我するし、下手すりゃ死ぬこともある。大袈裟に聞こえるかもしんないけど、命がけのショーだな。フツーの人ができないことをやって見せる、それがプロレスなんだよ」

夏子は道場での張りつめた光景を思い出しながらうなずいていた。皆、怖いくらい真剣な顔で練習に取り組んでいた。

「かといってまあ、職業って言えるかはビミョーだけどな。特にウチの団体は小さいし、試合だって月に二、三回あればいいほうだしさ。観客収入だって、会場とか警備にも払わなきゃなんないし、いくらも儲かってないよ。ファイトマネーだって雀（すずめ）のナメクジだぜ」

リンちゃんは、ぶどうの種を吐き出しながら、おいそこで誰かつっこめよ、と苦笑している。さすがに門下生らしく、こういうところは弓削さんに似ている。

「それにさ、練習だって、一日中できるもんでもないだろ。三時間もやったらへばるよ、二時間でもみっちりやったらヘロヘロになる。仕事終わってからでも十分なんだよ。だからって趣味とか言われたくねーよ、みんな真剣にやってんだからさ」

確かにみんな怖いくらい真剣だった。道場には緊迫した空気が漲っていた。弓削さん以外の全員の目は、真剣そのものだった。弓削さんはふざけているのか真剣なのか、夏子には判断できなかった。存在自体が信じられないのだからしょうがない。

「それよか、サーシャ、腹減ったな」

「あ、私もお、お腹ペコペコだったんだ、わ、忘れてた」

「オレ、今朝からなんも食ってねえんだよ、なあ、楽々亭行かね？」

そう言うとリンちゃんは夏子を見た。

「お前、ギョーザとかチャーハン好き？」

「別に、嫌いじゃないけど」

夏子はそう返事をしたが、付き合う気はなかった。昨日沙耶花にばったり遭遇して以来、変なペースに巻き込まれてしまった。今日だってなぜか沙耶花に捕まって一日がすぎてしまった。でもこんなことをしている場合じゃないのだ。バタフライナイフはもう神様に与えられているのだ。決行しなきゃならないんだ。ホントに自分はこんなところでいったい何をしているんだろう？　ホントに、こんなことをやっている場合じゃない。

夏子の内心など知らない二人は、外出の支度を始めた。鍵を掛けて外に出た。じゃこれで、と夏子が方角を変えようとしたら、リンちゃんにがっちりと腕を組まれた。

「どうせ晩飯は食うんだろ、付き合えよ。そこ、メッチャうまいんだから」

「そうそう、いっ、一緒に行こ」

二人に両脇から腕をとられてしまい、なんだか拉致されるような格好で歩き出す。リンちゃんは夏子より少し背が高く、沙耶花は少し低いだけだ。歩幅が妙に揃った。

十分もしないうちに楽々亭というのれんのかかった中華料理屋についてしまった。間取りもごく狭い、しょぼそうな店だ。高級店でないことにほっとしていると、沙耶花が「ただいまあ」と元気な声で言いながら店に入っていった。

店はカウンター席と、テーブル席が五つあるだけの、見かけ通りの狭い店だった。二階が自宅になっているらしい。沙耶花のお父さんとお母さんが、手をとらんばかりにして迎えてくれた。二人とも沙耶花と同じように、品の良さそうな清潔感のある雰囲気が漂っていた。店には数人の客がいた。三人はいちばん奥のテーブル席に腰を下ろした。

「う、うちのお父さん、前はアパレルの小さな会社をやってたんだけど倒産しちゃったの。それでこの店を始めたのよ。昔から料理が得意だったから」

屈託のない顔で沙耶花が微笑む。実家はお金持ちだと思い込んでいた。この店兼自宅を見る限りとてもお金持ちだとは思えない。でも沙耶花の両親はとても品があり、沙耶花自身もお嬢様の雰囲気が漂っている。結局、実際には沙耶花のことなんて何も知らないのだと夏子は愕然とまた思った。

すぐに運ばれてきたおいしそうな羽根つきギョーザを食べた。そのうちに、チャーハン、中華丼、野菜炒め、レバニラ炒め、五目焼きソバ、卵のスープなどが順番に運ばれてきた。三人で分け合って食べる。腹などすいていなかった夏子だが、おいしそうなにおいにつられて箸が進んだ。いや、においというより、モーレツな勢いで箸を動かすリンちゃんにつられたのかもしれない。

「オレ、この店がなかったら栄養失調になってるな、絶対」

男のようにチャーハンをガシガシ掻きこみながらリンちゃんが言う。ご飯粒が口のところについているが、それさえこの美少年には妙にきまって見えた。

「よく来るんだ？」

「いちばんの常連だよ、ってか、金払ったこと一度もないんだけどさ。それって客かよ」

リンちゃんは自分でつっこんで笑っている。見かけはぜんぜん違うが、ノリはやはり弓削さんとどことなく似ている。

「リンちゃんはで、出前とかやってくれるから、お父さん、お、大助かりなのよ」

沙耶花がたくさん食べるのに夏子は驚いていた。道場でみっちりと練習した後だから、それはお腹もすくだろう。でも夏子の記憶にある沙耶花は、いつも給食の時に最後まで片付かない子どもだったのだ。牛乳もパンも必ず半分以上残した。それが、遅いのは相変わらずだがしっかり食べている。運動をして栄養のある食事をちゃんと取っているのだから、健康そうに見えるのもわかる気がした。

食べ終えると、リンちゃんは大きな声でご馳走さまっ、とおじさんたちに声をかけ、勝手に奥に入って階段を上っていった。まるで自分の家のような気安さだ。沙耶花に腕をとられて、しょうがなく夏子も後に従った。


二階の沙耶花の部屋は六畳間だったが、まったく女の子っぽくなかった。殺風景といってもいい。ファンシーグッズもぬいぐるみもなく、ポスターなども貼ってない。それどころかベッドも勉強机もない。テレビもパソコンもエアコンもない。丸いちゃぶ台と扇風機と本棚があるだけだった。夏子はちゃぶ台というものを何年ぶりかで目にした。畳に三人で腰を下ろしたが狭苦しい感じはまったくなかった。極端に物が少ないところと掃除が行き届いているところがリンちゃんの部屋とよく似ていた。ガサツそうなリンちゃんがまめに掃除をするとは思えないから、リンちゃんの部屋も沙耶花が掃除をしているのかもしれない。あ、忘れてた、と言ってリンちゃんがまた立ち上がった。

「デザートに杏仁豆腐食うんだった。ちょっととってくる」

そう言ってバタバタと階段を下りていく。完全に自分の家という感覚だ。

「いつもあんな感じなの？」

「あ、あんな感じって？」

沙耶花はきょとんとしている。さすがに、図々しいとは言えないので言葉を濁した。

「いやなんていうか、ほら、なんか、日本人離れしてるし」

「お、お母さんが、えーと、な、なんとかマニアの人なのよ」

マニア？　何のマニアよ。そんなこと聞いてないし。

「ほら、た、体操で有名な」

体操のマニア？　何を言っているのかさっぱりわからない。

「ヨ、ヨーロッパにあるじゃない、えーと、な、なんだったかな」

「もしかして、ルーマニア？」

「そう、そ、それそれ。ごめん、私、ち、地理苦手なの。方向音痴だし」

沙耶花は舌を出して笑った。おいおい、方向音痴と学科の地理は何の関係もないって。でもそれでなんとなくリンちゃんの日本人離れした顔立ちとスタイルがわかった。

すぐにバタバタと階段を上る音がし、リンちゃんが杏仁豆腐のカップを三つ抱えて戻ってくる。慌ただしい人だ。

「お前競泳の選手なんだってな」どしんと畳に腰を下ろすなりリンちゃんは言った。「どうりで肩とかがっちりしてると思ったよ」

「なんで知ってんの？」

視線が思わずきつくなるのが自分でもわかった。出会ってから、沙耶花はリンちゃんにまったくそんなことは言っていないはずだ。

「今、下でおばさんに聞いたんだよ。全国レベルの選手だって」

肩の力が抜けた。でも、話したいトピックではない。無視して壁に目を向けた。

「お前さ、水着着るの嫌じゃなかった？」

今度はホンキで睨みつけていた。こいつ、何を言うつもりなんだ？　鼓動が突然速くなる。でも彼女は夏子の視線などまったく頓着せずに、杏仁豆腐をもぐもぐ食べている。

「いや、競泳水着とレオタードって、ちょっと似てると思ってさ。笑っちゃうけどさ、オレ、昔、新体操やってたんだよ」

「嘘でしょ？」

夏子は思わず反応してしまった。この口調も物腰も乱暴な美少年がレオタードを着た様が想像できなかったからだ。弓削さんのメイド姿を想像できないのと同じくらい無理がある。もっとも、弓削さんの場合は想像できないというより、したくないといったほうがいいかもしれないが。

「いや、マジ。競泳水着も似てるだろ、レオタードとさ」

「ま、まあね」

動悸が収まった。話の流れに、変に反応してしまったが、リンちゃんに悪意はないらしい。まあそれはそうだ。会ったばかりだし、学校が一緒だったわけでもない。何を知っているわけでもないのだ。神経がとんがりすぎている自分に夏子はうんざりした。

「笑っちゃうだろ。まあ、やってたというより、やらされてたといったほうがいいかな。母親がコーチをしてたからさ、姉貴と一緒にやってたんだ。その頃は髪が肩まであったしな。ちゃんとスカートはいて、小学校には三つ編みで出かけてたんだぜ」

とても信じられない。弓削さんがランドセルを背負って、半ズボンをはいているのと同じくらいムリがある光景だ。

「でもさ、小学校の終わりくらいから嫌で嫌でたまんなくなったんだよ。まず、レオタードを着ると思うだけで、恥ずかしくて吐きそうになったくらいだよ」

「ど、どうして？　レオタード、ス、ステキじゃない？」

沙耶花が杏仁豆腐をスプーンでゆっくり口に運びながらのんきな声で言う。

「サーシャ、着たことあんのか？」

「な、ないよ。だからぎゃ、逆に憧れるのかな、い、一度着てみたい」

った。
「いや、それは止めといたほうがいいと思うぞ」とリンちゃんは真面目な顔をして言
「サーシャが白いレオタードなんか着たら、ヤリイカみたいに見えんぞ」
夏子は思わず噴き出しそうになった。確かにそんな感じになるだろう。自分のこと
を言われているのに、沙耶花もキャハハと受けている。彼女の神経自体もイカのよう
だ。少しはむっとしていい台詞なのに、何も感じないらしい。
「でもプ、プロレスのコスチュームもけっこう似てない？　ぴ、ぴっちりしてるし」
「バカ、ぜんぜん違うよ。オレはボクサーパンツスタイルだし、サーシャはロングタ
イツじゃん。レオタードとはぜんぜん違うだろが」
「ああ、そうか、そういえばそうね。む、胸のとこも、私なんて、メ、メロンパンみ
たいなパッド入れてるしね」
「思うんだけどさ、あれ、どう見ても盛りすぎじゃね？」
リンちゃんが笑いながら言った。沙耶花もあっけらかんと笑って、うん盛りすぎよ
ね、と手をたたいて受けている。
「でも弓削さんがそうしろって。その、メ、メロンパンパッドも弓削さん特製なの。
ほら、私の場合あんまりペ、ペッタンコで薄っぺらだから、い、痛々しすぎるんだっ
て。少しはふ、膨らませないと、とても見てられないからって」

にこにこ笑いながらけっこうイタイことを言っている沙耶花は、コンプレックスをまったく感じていないようだ。コンプレックスっていったいなんだろう、と素朴な疑問が湧いてしまうほど沙耶花はあっけらかんとしている。

「そういや、サーシャとオレがコンビ組んだら、一反木綿とネコ娘みたいだって、アブドーラさんに笑われたよ。じゃあ、あんたは『ぬりかべ』かって言いそうになったよ、言わなかったけどさ。でも体形のことは、オレは弓削さんには何も言われてないけどな」

「リンちゃんはそれでいいんだって。よ、余計なことしなくても様になるからって。だいたいほら、リングのキャラも違うし、リンちゃんの場合、ちゅ、中性的っていうか、う、宇宙人っぽいでしょ」

「サーシャに宇宙人ぽいとか言われると返す言葉がねえな」

夏子にしてみればどちらも宇宙人だ。二人とも浮世離れしているというより、銀河の彼方まで飛んでしまってる感じだ。

「宇宙人ていえばさ、サーシャは異様に体が柔らかいんだよ、これにはさすがの弓削さんもびっくりしてたな。サーシャみたいな体は何万人に一人だろうって」

何万人に一人なのは弓削さんも同じだろうと夏子は思った。いや、何百万人に一人という気がする。

「お前、腕ひしぎ逆十字って技知ってるか」

夏子は首を横に振った。プロレスなんて何にも知らないのだ。

「じゃあ、アキレス腱固めは？」

また首を振る。リンちゃんはにやっと笑うと、こうゆうんだよ、と言いながら手を伸ばしてきた。突然のことによける間もなく畳に仰向けに引き倒された。右腕を捕まれて、リンちゃんはそのまま自分の股の間に挟みこんだ。その瞬間に右肘の鋭角的な痛みに襲われ夏子は小さく悲鳴を上げた。

「これが腕ひしぎ逆十字」

リンちゃんはすました顔で言うと、素早く体勢を変えて、今度は夏子の左足を両足で挟み込んだ。そして夏子の左足首を脇の下に抱えると、くいっという感じで持ち上げた。またも夏子はうめいた。

「これがアキレス腱固め」

にやっと笑うと、リンちゃんはやっと解放してくれた。

「どう、効くだろ？」

夏子もうなずいた。すぐに止めてくれたからいいが、ちょっと力をこめれば肘も足首も簡単に折れそうだということだけはわかった。

「この二つの技はさ、ホントにガチなんだよ。もし完全にきまったら、どんな人でも逃げられない。力をこめたらすぐ折れちゃうよ、ポキッて」

なるほど、と夏子は思った。確かにそうだろう。

「でも見てな、サーシャはすげえぞ」

そう言って今度は沙耶花に手を伸ばしその身体を引き倒した。沙耶花の右腕を取って、腕ひしぎ逆十字をかける。沙耶花の右腕は完全に伸びきっている。夏子はまたも思わず悲鳴を上げていた。沙耶花の右ひじは百八十度をとっくに超えた角度、ありえない角度に曲がっていたからだ。全身に鳥肌が立ち、思わず「やめて！」と叫んでいた。沙耶花の腕をきめながら、リンちゃんはニヤニヤしている。

「どう、サーシャ？」

「うん、ま、まだへーキ」

見ると沙耶花は平然とした顔をしている。信じられなかった。普通の人ならとっくに肘が折れている角度だ。寒気はなおも止まらない。リンちゃんがやっと技を解いてくれた。夏子は全身の力が抜けるほどほっとした。

「な？　異常だろ？」

リンちゃんは面白そうに笑った。沙耶花も何事もなかったようににこにこしている。

「あんな角度まできめたらフツウ即刻タップだよ。我慢なんか絶対できない。でも、サーシャはけろっとしてるからな。脚だってそう。アキレス腱固めもきまんない。ありえねーよ」

「べ、ベルサイユ先輩にも言われたの、あ、あなた、クラゲ？って」

二人はケラケラ笑っている。

「だから不思議とサーシャは怪我しないんだよな。いや、だからこそだな。筋肉はぜんぜんないけど、骨と筋肉が柔らかいから、ダメージ受けないんだ」

「でも痣はしょ、しょっちゅうできちゃうけど」

「痣系の怪我はいいんだよ、治りが早いから。骨や筋をやってみなよ、大変だぜ。オレ、以前アキレス腱伸ばされてさ、えらい時間かかったもん、完治するまで」

「で、でもリンちゃんは運動神経は、ば、抜群だから」

確かにリンちゃんはすらりと手足が長く、いかにも敏捷そうな体つきをしている。痩せ型ではあるが、棒のような沙耶花とは違い、意外に肩はがっちりしているし、ふくらはぎの張りなどもしっかりしている。普段の物腰から見ても、運動神経がよさそうだというのはわかった。でもよ、とリンちゃんが思い出したように噴き出した。

「弓削さんもよく許したよな、サーシャの入門。信じられないかもしんないけどさ、最初、サーシャ腕立て伏せも腹筋も一回もできなかったんだぜ」

沙耶花は赤くなって言った。

「だ、だからリングにも上げてもらえなかったの」

「あたりまえじゃん。怪我するだけだろ、弓削さんがそんなことさせるわけないじゃん。それにさ、あの時、どう見ても小学生にしか見えなかったぜ、あれ中一だっけ？　オレのヘソくらいまでしかなかったぞ」

「う、うそ、胸くらいまではあったよ」

「サーシャ、そこは『へ〜そ〜』って返せよ。せっかくゆるい球放ってんのによ」

あの道場にはド滑りの練習でもあるんだろうか。沙耶花は気にした様子もなく、というか、気づいた様子もなく、あの頃百四十センチくらいしかなかったから、と言ってまだ杏仁豆腐を口に運んでいる。

「あれから伸びたよな。ヤシの木みたいに上にだけひょろ〜んて伸びた感じだよな、今、オレと大して変わんないもんな」

「うん、ひゃ、百六十七センチ」

確かにそうだ。駅前の交差点で再会した時、沙耶花の背の高さに夏子も驚いたのだ。

「正直な話、オレはすぐやめると思ってたね。いや、みんな思ってたね、どうせすぐやめるんだろうって。三、四回くらい来て、あとは来なくなる、そういうのもいっぱいいるからさ。それが、毎日来てたよな、オレはあの頃たまにサボったりしてたけど、サーシャはいつ行ってもいるんだよ。座敷わらしか。道場に棲みついてんのかと思ったよ」

「だ、だって、道場で先輩のれ、練習を見てるだけでも楽しかったから。掃除をしたり洗濯をしたりミ、ミットの用意したり、テーピングを巻いたり、けっこうやることはい、いっぱいあったし」

「確かにサーシャが全部やってくれたからみんな重宝してたしな。いちばん助かったのはオレだな、その頃いちばん年下だったから雑用押し付けられてたんだ。でもサーシャが来るようになってから解放されて、あれは助かったよ」

「そ、そうしてるうちに、弓削さんがト、トレーニングのやり方とかを、お、教えてくれるようになったのよ。ま、まずは基礎体力をつけなさいって」

それにしてもどうして沙耶花はプロレスなんてやるつもりになったのだろう？　気になったが聞かなかった。どうでもいいことだ。私はなんだか、この二人に深入りしすぎている、と夏子は思った。沙耶花とは昨日、リンちゃんとは今日の午後に初めて会ったばかりだというのに、まるで十年来の友だちのような感じでうちとけて話しているのだ。そしてこのなんともいえない優しく仄かな空気になじんでいる自分がいる。でも、私はこんなことをしている場合じゃないのだ。何のためにバタフライナイフを手に入れたのか。せっかく決行できる状態に入ったのに……。

二人は、夏子の内心の焦燥など感じることもなく道場の話を続けている。

「だ、だから四か月前、や、やっとリングネームもらった時は、ほ、ほんとにうれしかった」

「でもさ、ポチョムキンってさ、なんかダサくね？」

リンちゃんが笑いながら言う。

「響きがなんか笑えるっていうかさ。なんか、ナメた感じがするんだよな」

「どうして？　わ、私はとっても気に入ってるよ。弓削さんにポ、ポッチョって呼ばれると、とってもうれしいし。ポッチョって、か、可愛い感じじゃない？」

「いや、ふざけてる感じだな。それにちょっと恥ずかしいしな」

「で、でもリンちゃん、私ね、しょ、小学生の頃、ビョーゲンキンって呼ばれてたんだよ。ビョーゲンキンよりポ、ポチョムキンのほうがずっといいから」

似合わない駄洒落を言い、沙耶花はおかしそうに笑った。

「ビョーゲンキン？」

リンちゃんが笑いを急に引っ込めて、眉間に皺を寄せた。

「ひでーな、なんだよその病原菌って。笑いごとじゃねえだろ。もし、オレがその場にいたら、そんなこと言った奴をぶっとばしてるよ。半殺しにしてやる。足腰が立たなくなるまでシバキ倒してやる」

突然リンちゃんの顔つきが変わっていた。目が怒りに燃えていた。口調も目つきもマジだった。夏子はうつむいてしまった。その頃、夏子も陰ではそう呼んでいたからだ。男の子たちがそうやってからかうのを、周りのみんなと一緒に笑って見ていたのだ。今になって思えば、ひどい話だ。もし、自分が病原菌なんて呼ばれたら、どれほど傷つくだろうかと思う。焼け付くような痛みが胸に走った。沙耶花の顔を見ることができなかった。

「もう、リンちゃん、そ、そんなにコーフンしないで。む、昔のことだし」

そう言いながらもリンちゃんは杏仁豆腐のカップを両手で捻りつぶした。

「してねえよ。レーセイだよ、オレは」

「サーシャ、そういうの悔しくないのかよ」

「うーん、そ、そうねえ、でも私、ろ、六年生の時、ほとんど病院にいて、一年留年してるのよ。ろ、六年生を二回やったの。こ、校長先生にはそのまま進級してもいいって言われたんだけど」

そうだった、と夏子は思い出していた。沙耶花は本当は学年が一つ上だったのだ。そんなことも忘れていた自分に唖然とする思いだった。一つ先輩だったから、それまで一緒のクラスになったこともないし、接点もなかったのだ。沙耶花が初めからクラスで浮いていたのはそうした事情もあったのだろう。

「しょ、小児喘息もひどくて学校もしょっちゅう休んでたんだ。い、いじめられるのはつらかったけど、でも、がっ、学校に行けるだけでありがたい、って思うことにしてたの。びょ、病院とか家で寝てるよりはまだましだって。ひ、一人だと、そ、底なし沼に落ちてくみたいな感じになる時があるの、それよか、が、学校にいるほうが、ま、まだましだったの」

まだまし、という言葉に胸を刺された。重く、冷たく、哀しい言葉だ。あれが、まだまし……？　あんないじめやからかいを受けて、それでもまだまし、と言えるのは、もっととてつもない何かと向き合ってきたということだ。沙耶花は自分と向き合うことの怖さを知っているのだと夏子は思った。私がそれを知っているのと同じように。

この子が赤くなるのは何十回も見ているが、青くなったところは一度も見たことがないという気がした。動じないのだ。この子はたぶん、底を見てきたのだ。恐ろしくマイペース、と思っていたが、それも自分を守るためなのだろう。人と違ったペースなのは、他人の景色に巻き込まれないためなのだろう。沙耶花はそうやって生き延びてきたのだ。それを思うと夏子は、見かけではまったく想像できない強さを持った沙耶花の一面に驚愕せざるをえなかった。同時に、泣き出してしまいそうな哀しみに襲われていた。

時計を見るとすでに時刻は七時になろうとしていた。夏の日は長いのでまだ暗くなってはいないが、夜の気配が漂い始めていた。もう帰ろう、と思った。もう二人とは別れたかった。いつまでも、普通の女子高生のような顔をして、普通の女子高生のようにおしゃべりしているわけにはいかない。自分にはやるべきこと、やらなければいけないことがあるのだ。もう帰ると言いかけた時にリンちゃんがまるで見計らったかのように、お前、今晩ここに泊まっていけよ、と言った。相変わらず自分の家のような言い草だ。

「明日、何か用があんのか？」

別に、と思わず夏子は言っていた。

「じゃあ、泊まってけよ。布団はあるからさ」

そうそう、と沙耶花もニコニコしている。夏子は思いがけない展開に反応できないでいた。

「あ、家に電話しなきゃだな。家の人が心配するからな」

リンちゃんは勝手に話を進めてガラケーを取り出した。電話番号を聞かれ反射的に答えてしまうと、リンちゃんはさっさとかけてしまった。なんだこの人。行動に何のためらいもない。

「あ、夏子さんのお母さんですか？　夜分電話してすいません、そんな夜分でもないですけど、ハハハ、私、学校の同級生の岬っていいます」

嘘八百を平然と並べている。

「ああ、そうなんですよ、中学の時の。いえ、そんなことないです、こちらこそ大変お世話になっております……ええ、そうなんです……はい、とんでもないです」

リンちゃんのあまりの話し方の変化に、夏子は思わず引いていた。さっきまで、オレはさあ、なんてがらっぱちな調子で話していたくせに、妙に澄ました余所行きの話し言葉でペラペラしゃべっている。こういうわけのわからない転調も弓削さん譲りのような気がした。

「あのう突然で申し訳ないですが、今晩夏子さん外泊したらだめですか？　あ、場所は要町のとこですけど、楽々亭って店で、同じく同級生の沙耶花の家なんですけどね、いえいえ、とんでもないです、あ、ちょっと待ってくださいね。おばさーん！」

そう叫びながらリンちゃんが部屋から飛び出して階段をドドドドと下りていく。夏子はあっけにとられていた。なんなんだ、あの人。沙耶花は慣れているらしく、リンちゃんが三口で食べ終わり、夏子もとっくに食べ終えた杏仁豆腐をまだゆっくりと口に運んでいる。

「リンちゃんって、ああいう話し方もできるんだね」

「うん、リンちゃん、も、物まねが上手なの」

と、沙耶花は笑っている。物まね？　単語の選び方が違う気がする。階下で、母親同士がやり取りしている様子が聞こえ、またドタドタ音を立ててリンちゃんが戻ってきた。ほれ、とまだ繋がったままのガラケーを渡される。夏子は仕方なく耳に当てて、コホンと咳払いした。なっちゃん、という母の上ずった声が聞こえた。

「えと、そういうことだから」

面倒なので、夏子はそれだけ言うとすぐに電話を切った。母は心配だろうが親同士が話しているのだからもう夏子から話すことは何もなかった。沙耶花のお母さんがちゃんと話してくれただろうし、変な心配はかけないで済むだろう。もう帰りたいと思っている自分が、心の奥ではここにいたいと思っている自分に押し流されたような感じがしていた。

「さてと、オレは汗かいたから先に風呂入ってくるよ」

リンちゃんはそう言うと提げてきたバッグから着替えを取り出し、下に降りていった。完全に自分の家のような振る舞いだ。ちゃんと着替えも用意して、そのつもりで来たのだろう。リンちゃんのアパートには浴室が無かった。いつもここで済ませているのかもしれない。沙耶花はまだゆっくりスプーンを動かして杏仁豆腐を口にしている。この子の杏仁豆腐は永遠に無くならないみたいだ。

「ねえ、リンちゃんって年いくつ？」

「十九よ、今年二十歳」

たぶん年上だろうとは思っていたので驚きはしなかった。話し方や予想もつかない行動はやんちゃ小僧のようだが、全体的な雰囲気にやっぱり大人びたところがある。

「なんで一人暮らししてんの？」

「去年、お母さんが仕事で名古屋に行っちゃったの。リ、リンちゃんのお姉ちゃんは一緒に行ったけど、リンちゃんはこっちがいいからって残ったの」

ふと気になって沙耶花になぜかこう聞いていた。

「ねえ、もしかしてリンちゃんって沙耶花の恋人？」

沙耶花は目を見張って夏子を見たが、すぐにおかしそうにくすくす笑いだした。

「リンちゃんの、こ、恋人はマルガリータ・レーナちゃんよ、きょ、今日道場にいたでしょ。目がパ、パッチリしててお人形みたいに可愛い子」

「ああ、背がこんくらいで、白いリボンで結んでた子？」

「そう、あ、あれがレーナちゃん」

確かに、道場には目立って可愛い子がいた。背は低いが、目が大きく可愛らしい顔立ちをしていた。リンちゃんと並んで歩いたらかなり絵になりそうだった。

「沙耶花は恋人とか欲しくないの？」

「欲しいよ」

意外にも赤くならずにけろっとした顔で沙耶花は言った。

「わ、私にも弓削さんみたいなス、ステキな恋人がいたらなあ、って時々思うんだ」

冗談でしょ、と思ってまじまじと沙耶花の顔を見つめてしまった。でも沙耶花の顔つきは真剣そのものだ。この子は冗談が言えない。口から出る言葉は全部ガチなのだ。それにしてもあのスキンヘッドでド派手なドマッチョと沙耶花の組み合わせはどう考えても無理がある。並んで歩いただけで笑えるだろう。いや、笑えないかもしれない。

「私、弓削さんと会った、さ、最初から、あ、あの人の前ではあんまりどもらなかったの。ど、どうしてかはわからないけど」

確かにそれは夏子も気づいていた。弓削さんと話している時、沙耶花はほとんどどもっていなかった。

「で、でも弓削さんには、お、奥様がいらっしゃるからかなわない夢なの。じ、人生って自分の思い通りにはいかないものよねえ」

沙耶花の後半の台詞は聞いていなかった。う、嘘でしょ、あのザ・オカマのゲイが結婚してるの？　二十秒くらい沙耶花の顔を見つめてからやっと言った。

「それ、冗談だよね」

「え、何が？」

「あれ、結婚してるの？　冗談でしょ？」

「あら、ほ、ほんとよ。とってもび、美人で素敵な奥様よ。医学部の頃の同級生ですって。今はげ、外科医さんよ、弓削病院の。今でもとってもラブラブみたい」

ラブラブって……返す言葉がなかった。世の中は謎に満ちている、そうつくづく夏子は思った。私が見ている世界なんてほんの薄っぺらい表層だけで、その奥にはとんでもなく不思議で奇怪で謎に満ちた世界が広がっているのかもしれない、と。

　そんな話をしているうちに、あっという間に風呂からリンちゃんが戻ってきてしまった。カラスの行水、というか、まるで小学生のようだ。髪をタオルでゴシゴシ拭きながら、扇風機の前に陣取って乾かし始める。

「お前さ、そんな髪長くして面倒くさくね？　シャンプーとか乾かすの。それとも長いのが趣味なんか？」

　夏子は首を振った。確かに長い。もう四か月くらい、美容室には一度も行っていないのだから長くなるのは当然だった。髪は背中の真ん中くらいまで伸びていた。暑いし邪魔っけだからうなじのところで縛ってあるが、別に趣味でそうしているわけではない。髪型になんて気が回らなかっただけだ。

「なんなら、オレが切ってやろうか。オレ、今バイトしながら専門学校行ってんの、いちおう美容師の卵」

「わ、私も切ってもらってるのよ、リンちゃんとっても器用なの。す、すごく上手よ」

「そ、練習台にしてんの。でもサーシャは簡単なんだよ、肩のところで切りそろえるだけだし。こけしとおんなじ。あ、サーシャ、風呂は？」

「私、ど、道場でシャワー浴びてきたの。なっちゃん、どうぞ」

そう言ってタオルとパジャマを渡された。

「こ、これリンちゃんの、予備のやつだけど、せ、背が同じくらいだから、合うと思うよ。つ、使い捨ての歯ブラシは、洗面所にあるからね」

「あ、でも、今日はいいよ」

「何言ってんだよ、汗かいてんだろ。さっさと入ってこいよ」

リンちゃんに押し出されるようにして風呂場へ向かった。帰るタイミングを完全に逸してしまったという感じだった。確かに今日は汗だくになった。道場も蒸し暑かったし、八月だから一日過ごせば汗をかくのは当たり前だ。


それにしても、どうして私はこんなところで湯船に浸かっているんだろう、と呆然とする思いだった。小学六年の時に一年間だけ一緒だった、ろくにしゃべったこともない同級生の家で夕食をごちそうになりお風呂にまで入っている。だいたい、沙耶花に出会ったのは昨日の午後なのだ。時間の流れがおかしくなった気がする。この数か月何度も経験したように、時間が歪んだ、とは思わない。でも明らかに違った時間の中にいるのを感じた。

　お風呂からあがり部屋に戻ると、すでに布団が敷かれていた。ちゃぶ台がたたまれ、六畳間に敷布団と枕が三つ並べられていた。なるほど、こういう時にちゃぶ台は便利だな、と夏子は変なことに感心していた。泊まっていく気なんてなかったはずなのに、流されているうちにこんな状況になっている。沙耶花の周回遅れのようなずれまくりのテンポと、リンちゃんの有無を言わさぬ超特急に巻き込まれてしまった感じがした。帰りたかったが、もうパジャマに着替えてしまっているし帰れる状況ではなかった。それに面倒くさくもあった。家まで歩いたら四十分くらいかかるだろう。しょうがない、ちょっとだけ休んでいこう。二人が寝入ってからこっそり出て行こう、そう思って横になった。真夜中になってしまうが、夜道を歩くのも平気な気がした。バタフライナイフを握りしめていればもう怖いものなど何もない。

　沙耶花を真ん中にして電気を消した。リンちゃんは電気を消すや否や、十も数えないうちに寝息を立て、すぐにそれが軽いいびきに変わった。これほど寝つきのいい人を初めて見た。やっぱり小学生のようだ。この人にはきっと悩みなんてなんにもないんだろうな、と夏子はうらやましく思った。

扇風機だけなので、部屋はちょっと蒸し暑かった。何も掛けなくてもいいくらいだ。でも不思議に気持ちが落ち着いて、安らぎのようなものさえ感じていた。だが眠気はまったくなかった。隣で沙耶花がひっそりと身体を横たえている。

なんだかものすごく不思議な一日だった、と夏子は思った。今朝、家を出た時は決行の準備のつもりでいた。現場の下見のつもりだった。

それがカンタベリーの前でまた沙耶花につかまって、道場に連れていかれてしまった。道場での沙耶花のありえないような豹変ぶりにも驚かされたが、もっと驚いたのは、沙耶花がよく笑うということかもしれなかった。夏子の記憶の中にある沙耶花は、いつも暗い表情をした少女だった。あの頃、笑った顔など一度も見たことがないような気がした。いや、笑わないなんてことはないだろうから、沙耶花だって笑うことはあったのだろうが、夏子の記憶にはなかった。だいたい、笑うシチュエーションは、誰かと一緒にいる時で、一人で笑えるものでもない。小六の頃の沙耶花はいつも一人きりでいたし、それどころか、いるのかいないのかわからないような存在だった。

それが、弓削さんや道場の先輩たちとはとても楽しそうに笑いあっていた。リンちゃんとは腹を抱えるほど笑っている。リンちゃんのたいしておかしくもない冗談にキャハハと笑い、からかわれてもやっぱりケラケラ笑っている。人ってこんなに変わるんだ、変われるものなんだ、という不思議な感慨を覚えていた。

「ねえ、沙耶花、なんでプロレスなんて始めようと思ったのよ」

気づくとそんなことを聞いていた。そんなことを聞いても仕方ないのに。自分で口にしておきながら、どうも私はどうかしている、と思わずにはいられなかった。

返事はなかった。もう寝てしまったのだろうか。それならそれでいい。特に知りたいわけじゃない。あまり深入りしたくない。もうちょっとしたら出て行くんだから。

そう思っていると、たっぷり一分くらい経ってから返事が返ってきた。

「なっちゃん、プ、プラシーボ効果って知ってる？」

何よまた突然。聞いたことがない。夏子は首を横に振った。

「あのね、た、たとえばお腹が痛くてたまらない時に、お、お医者さんからこれ飲めばよくなる、って渡されて飲んだらけろっと治っちゃう、で、でもその薬は、ホントはただ小麦粉を丸めただけ。それがプ、プラシーボ効果」

だから何の話？　この子の話の脈絡はやっぱりずれていると夏子は思った。

「お、思い込みっていうのかしら。科学的には証明できないかもしれない、でも、そ、そういう効果は確かにあるの。弓削さんが言ってた、に、人間は思い込みの生き物なんだって。せ、洗脳って、悪い意味にとられることが多いけど、ひ、人はみんな自分を自分で洗脳して生きてるんだって」

洗脳？　思い込み？　いったい何の話をしてるんだろう。

「それが……つまり、プロレスを始めたきっかけなの？」

「そ、そう。自分の思い込みで変えていくの。じ、自分を自分で洗脳して強くしていくの」

やっぱりよくわからない。沙耶花をわかろうとすること自体が無理なのかもしれない。

「弓削さんは、じ、人生はバトルだ、ロマンだ、ショーだって言ってた。自分で輝かないでどうするのって」

沙耶花はくすくす笑った。弓削さんは輝きすぎだろ、と思っていたが夏子は黙っていた。

「わ、私、中学に上がった頃、も、もう心が折れかかってたの。びょ、病気にも学校にも人との付き合いにも。そういう時、弓削さんにたまたま出会ったの、弓削病院で。そして私を道場に、つ、連れてってくれたの。も、もちろん最初は見学だけど。私、プロレスなんて見るの生まれて初めてだったけど、も、物凄く感動しちゃったの。よ、夜も眠れないくらいに。そして、い、いつか、いつかあのリングに立ちたい、自分もたたかってみたいって思ったのよ。私の場合、たまたま、じょ、女子プロレスがプラシーボだったの」

——翌日、目を覚ました時はなんと朝九時を回っていた。八月の太陽は連日のごとく狂ったような日差しをまき散らしていた。少し寝汗をかいていたが不快な汗ではなかった。だいたい、こんなにぐっすり眠ったのは久しぶりだった。悪い夢も見なかったし魘(うな)されもしなかった。こっそり出て行くつもりが完全に熟睡してしまったのだ。こんなにかっちりと眠ったのはあの四月末以来初めてのことだった。

リンちゃんの寝床はもぬけの殻だった。五時にはバイトに出かけたという。

「リンちゃん、い、今美容師の資格取りながら、トラックの助手してるの」

沙耶花は味噌汁を飲みながら言った。用意された朝食を沙耶花と取りながらも、こんなことをしている場合じゃないとまた思った。思いながらも、朝食は美味しくてしっかり食べてしまう自分がいる。まともな朝食を取ったのも久しぶりのことだった。おじさんたちに食事の礼を言って、夏子はようやく楽々亭を出た。

だめだ、一度リセットしようと夏子は思った。一昨日、沙耶花とばったり遭遇して以来、妙な時間に巻き込まれている。こんなほんのりとした空気にのんびり浸っている場合じゃない。私にはやるべきことがあるのだ。沙耶花といると、自分がしようとしていることがぼかされてしまうような気がする。リンちゃんもそうだ。二人といると妙にくつろいでしまう。そして我に返ると、自分がとてつもなく惨めなものに思えてしまうのだ。見かけも言動も性格もなにもかもまったく違う二人だが、二人はある一点でそっくりだった。生き生きしているのだ。輝いていると言ってもいい。今の、夏の最中(さなか)のような時間を謳歌している。

自分とはまったく違う。夏子にはそれが耐えられなかった。内面でどす黒い血がドロドロ渦巻いているのに、平気な顔を装って会話をしているのが耐えられなかった。

その思いで駅方向に歩き出す。そして沙耶花も、どういうわけか付いてくるのだ。この子はいったい何なのだろう？　どうしてこれほど距離感を感じさせないのだろう。弓削さんといいリンちゃんといい、距離感がなさすぎるのだ。

駅まで一緒に行くね、と言われ、来なくていいとも言えずに歩き出す。まだ昼前だというのに、二人の足元にできた影は暗黒のように濃かった。沙耶花は鼻歌を歌っているが、鼻歌でも音程が微妙にずれていた。でもそんなことは気にしない様子で、気楽そうな感じで隣を歩いている。

ようやく駅に着いた。じゃあね、と言って背を向けたが、なっちゃんと呼び止められた。

「お、一昨日ね、弓削さんに言われたの。一昨日、あ、あの銀行の前で会ったでしょ？」

　夏子は駅前の銀行に目を向けた。あの場所で弓削さんに出会ったのも一昨日のことなのだ。なんだろう、この不思議な時間の感覚は。

「その夜、弓削さんから電話があってこう言われたの。あの子、ど、道場に連れてらっしゃいなって」

「あの子って、私のこと?」

「も、もちろん、なっちゃんのことよ」

　なんでだろう? 長身で大柄なのでプロレスに向いていると思ったのだろうか。冗談じゃない。そんなことをしている場合じゃない。私にはやることがあるのだ。それなのに沙耶花と会ってから、そのペースにすっかり巻き込まれている自分がいる。だがもうこれきりだ。もう二度と会うことはないだろう。いや、二度と会わない。

「目つきが昔の岬にそっくり、って、い、言ってた」

「岬? 岬って、リンちゃんだよね」

　そうよ、と沙耶花は微笑んでいる。あのリンちゃんと自分が似ているとは思えない。背の高さが同じというくらいしか共通点はない。どう見たって、ぜんぜん違う。

「沙耶花、似てると思う?」

　沙耶花はそれには答えず夏子の顔をじっと見つめている。

「弓削さんは、目つきがって言ったの、目つきが、む、昔の岬にそっくりだって」

私はいったいどんな目つきをしているんだろうと夏子は思った。自分ではわからない。が、あまりいい目つきでないことだけは確かだろう。この三か月は、どこか一点を睨みつけることにほとんどの時間を割いてきたからだ。鏡に映る顔を見て、化け猫みたいだと自分でも思うくらいなのだから、人から見たらさらにひどく見えるに違いない。

「でも、なんで目つきが似てたら、道場に行かなきゃなんないのよ」

「わ、わからない。弓削さんの、か、考えてることなんて、わ、私にはわからないよ」

まあ、そういえば確かにそうだ。ドマッチョでド派手なオカマの考えることなんてわかるわけがない。

「じゃ、行くから」

そう言って背を向けた。

「なっちゃん、あ、後で必ず連絡してね。待ってるから。約束よ」

後ろで沙耶花が手を振っている気配を感じたが振り返らなかった。ようやく離れられたとほっとすると同時に、言いようのない寂しさに襲われた。思わず涙がこぼれてしまいそうなほどの寂しさだった。でも何とかこらえた。もう二度と泣かないと決めたからだ。三か月前のあの夜に、もう涙なんて決して流さないと誓ったからだ。

8　ターンオーバー　*Turnover*

四か月前の春、夏子は希望に燃えて高校に入学した。

塔子やエリサとは高校が別れた。塔子は都内の有名私立に、エリサは千葉市にある商業高校へと進んだ。口にこそ出しはしないが、別々になったことで内心ほっとしていた。子どもの頃からあんなに仲のよかった二人と別れて、ほっとしている自分が少し悲しかったが、それもしょうがない。大人になるというのはそういうことなのかもしれない、と自分に言い聞かせた。もう高校生なのだから。それに私には雪がいる。

雪は同じ高校に入学した。二人の第一志望だったから合格発表の時は抱き合って喜んだ。クラスが別になったが、雪はクラブをちゃんと続けていた。学校が終わるとそろってスイミングクラブに通うのが日課だった。

高校は男女共学の普通私立だった。塔子の受かった高校とは比較にならないが、それなりの進学校で家から近いのも選んだ理由だった。駅は三つしか離れておらず、通学時間は三十分もかからない。気が向けば自転車で通うこともできた。練習時間が削られてしまうので、通学に時間を取られたくなかった。夏子にとって、これからはじまる高校生活の比重は、勉強3：競泳7くらいの気持ちでいた。

全国大会で上位に入ったことで夏子はクラブでもっとも目立つ存在になっていた。下級生たちにも憧れの視線を向けられるのを感じていた。クラブ一の期待のホープ——そんな扱いだった。もっともタイムの驚異的な伸びは止まっていた。中学一年生の秋に、不思議な感覚を摑んでから自己記録を連発した、あれほどの驚異的な伸びはもうない。タイムはほぼ横ばいの状態が続いていた。

「そんなにあまくないわ」

と、荒木コーチは笑った。

「あとは不断の努力で一歩一歩階段を上っていくしかないの。いや、違うな、階段と言うよりロープを自力で登っていくようなもの。苦しくて手を離したら、落っこちるだけ。ちょっとずつ登っていくしかないのよ」

夏子はうなずいた。そうだ、これからはもうコンマ何秒を必死の努力で刻んでいくしかないのだ。だが優勝記録まではもう手の届くところまで来ていたし、その努力を重ねる意志もあった。夏になれば十六歳になる。十六歳という年齢は、女子の競泳では飛びぬけて若いわけではない。ジュニアの有望選手には、十三歳や十四歳の子もいるのだ。負けたくないという気持ちが芽生えてきた。練習はハードだったが、荒木コーチがそそのかすような口調で言った言葉を思い出して奮い立たせた。

「夏子さん、あなたはまだまだ伸びると私は思ってる。本気でやれば、オリンピックだって狙えるかもしれないわよ」

高校生活は楽しかった。雪とはクラスが分かれたが、新しい友だちもすぐにできた。全国大会で上位に入ったことでちょっとした有名人にもなっていた。知らない子から挨拶をされたり、話しかけられたりしたので、友だちを作るのは造作もなかった。高校は偏差値もそこそこ高い普通の共学だったので、あからさまな不良などいなかったが、やんちゃな男子はたくさんいた。

「沖田、おまえ、胸でけえよな」

「Eカップはあんだろ、いや、Fか？」

などと面と向かって言ってくる奴らもいた。そのたびに夏子は、余計なお世話、と受け流していた。いちいち相手にしていられない。こんなことで腹を立てていたらきりがないのだ。男子の視線を感じても、ふんっ、このサルどもめ、程度にしか思わなかった。不快ではあったが、自分ではどうしようもないことだった。

「それ、言っとくけどセクハラだからね。今度言ったら訴えるから」

「お、出たよ、沖田の上から目線。そっちのほうこそパワハラじゃね？」

この程度の会話はよくあることで、夏子は軽く受け流していた。

他のクラスの男子生徒たちが入れ替わり立ち替わり見に来るようになったのもそれほど気にはしなかった。ひそひそ囁いては視線を送っている。やれやれ、と思いながら無視していた。巨乳スイマーとかスイカスイマーなどと言われているのをちゃんと知っていたからだ。スイカはどう考えても大袈裟だが、確かにメロンくらいのサイズはあるな、と自分でも思っていた。一番サイズが大きい制服を着ていても、胸のボリュームはどうしても目立ってしまう。でも夏子はもうそれほど気にしなくなっていた。いや、気にはなるが、自分ではどうしようもないことだ。荒木コーチが言ったように、コントロールできない事柄に神経を使うよりも、コントロールできる部分に全力を注いだほうがいい。それに、もっとも多感な時期はもう過ぎていると自分では思っていた。いちいち赤くなっていた小六や中学生ではない。荒木コーチの教え通りに「堂々としていればいい」と思っていた。それは夏子にとって魔法の言葉だった。別に悪いことをしているわけじゃない。ことさらに誇るべきことではないが、恥ずべきことでもない。それが自分なのだから堂々としていればいいのだ。いやらしい視線を感じても、「堂々としてればいいのよ」という言葉をそのたびに自分に言い聞かせて自制を保った。

まだ入学して一か月も経たない、四月の終わりのことだった。下駄箱に折りたたまれた紙が入っているのを見つけた。夏子はそれまで何通かラブレターをもらったことがあった。だが男子ではなくすべて下級生の女子からだった。ラブレターというより、憧れてます、とか、応援してますといったような内容だったからファンレターといったほうがいいかもしれない。でもいまどき下駄箱って、と苦笑しながら二つ折りの紙を取り上げた。そこにはネットのアドレスがいくつか書いてあるだけだった。アルファベットなので男の字とも女の字とも判別がつかない。

ネットには大会の時の夏子の動画もあるし、スイミングクラブのホームページには夏子のプロフィールとともに泳ぐ動画も載っていた。それはもちろんクラブが夏子の了承をとったうえで掲載しているものだ。夏子以外にもクラブの有力選手が何人か同じように載っているが、一番大きく扱われているのが夏子だった。前年の夏に優勝して以来、中心となっているのは夏子の画像だった。それ以前はずっと塔子が中心だった。

たいして気にもせずポケットに入れると、夏子はいつものようにクラブへと向かった。

その日もいつものように七時半まで練習し、家に戻った時は八時を少し回っていた。夕食を食べて部屋に戻り、一応机に向かう。ゴールデンウィーク前に試験があるし、明日までに片付けなくてはならない古典の宿題もあった。

夏子は大学進学を希望していたが、具体的に先のことは考えていなかった。まだ高校生になって一月足らず、大学に行くにしても受験は遠い先の話だった。それより来月にある試合のほうが大事だった。夜はどうしても練習の疲れがどっとやってきて眠くなる。三十分ほどいやいやながら苦手な古典をやっているうちに眠気がやってきた。

もう寝よう、と思ったが下駄箱に入っていた紙をふと思い出した。あれ、なんだろう。眠くて面倒くさかったが、鞄から取り出す。夏子はベッドに寝そべりながらスマホで検索してみた。スマホは高校入学のお祝いとして買ってもらったものだ。アップルの最新モデルで、雪とは色ちがいのおそろいだった。他の多くの高校生と同じように、今の夏子の持ち物の中で最も高価で最も大事なアイテムだった。

ありえないホームページがあらわれ、あくびが途中で止まった。しばらくの間、ベッドの上で夏子は凍り付いていた。あくびが止まり、指が止まり、視線が止まり、体が固まった。な、なにこれ……。

男たちが自分の競泳水着の写真をどういう目で見ているかはもちろん夏子だって知っていた。高校生なのだからわからないはずがない。でも、そんなことは夏子にはどうしようもなかった。男たちがどういう目で見ようがそんなの気にしたところでどうしようもない。だから気にしないようにしていた。

だがそこにあるのは水着の写真ではなかった。無数の若い女の写真だった。すべて裸だった。もちろん夏子はそんなものを見たくはなかったが、一つの恐ろしい、鳥肌が立つほど恐ろしい予感にとらわれて手が止まらなかった。そして一つの写真で指が止まった。

しばらくの間、夏子は呆けたようにその写真を見つめていた。十分か、三十分か、一時間か。魅入られたように身動き一つせず固まっていた。しばらくすると、全身が瘧(おこり)にかかったように震えだした。

これって……。

次の瞬間、血の気がザザザッと引いた。それから一気に逆流し、両の耳の穴から激しく噴き出したように思えた。まるで薪を割る斧で脳天を直撃されたような感じだった。重く分厚い銀の刃が、頭蓋骨をざっくりと二つに割り、顔の半分まで食い込んだ。目の前が真っ赤に染まり、直後に漆黒の闇に飲み込まれた。

……どれくらい意識を失っていたのかわからない。これはもしかしたら失神というのだろうかとぼんやりと思っていた。だが、今まで一度も失神などしたことのない夏子にはよくわからなかった。意識を取り戻しても視界はぐるぐる回っていた。身体を起こすと同時にベッドの下に嘔吐(おうと)していた。寒気がやまず、体の震えが止まらない。

これは私なんかじゃない。よく似た他人に違いない。広い日本には私によく似た、私と似た体形をした女の子がいるに違いない、いやきっといる、いるはずだ。これは私なんかじゃない、絶対に違う……夏子は心の中で叫んでいた。目の前の現実を受け入れることができない。受け入れたら、もうとてもこの世界では生きていけないという気がした。

放心状態のまま固まっていたが、目覚まし時計の音で我に返った。針は六時ちょうどを指している。気づくと窓の外は白み始めていた。ゴミをあさるカラスがギャーギャー鳴いていた。

その日は学校を休んだ。風邪だと親には言い、部屋から出なかった。一睡もしていないというのに眠気はまったくなかった。身体中沸きたった血が轟々と音を立てて流れているのを感じた。こめかみの血管がピクピクと痙攣(けいれん)している。断続的に、骨がきしむほどの震えがやってきた。ベッドの下は嘔吐物で汚れていたが、それを処理しようという気にもなれない。体が固まったまま動かない。

夏子はスマホを握りしめて写真を凝視していた。そんなもの見たくはなかったが、見ないわけにはいかなかった。場所はまちがえようがない、スイミングクラブの更衣室だった。その写真は真正面から、ほぼ同じ高さで撮られていた。仕掛けられたカメラで撮られたものではない。正々堂々と、真正面から、人の手で取られたものだ。光彩度は高い。暗がりの中で着替えたりしないのだから当然だ。そして、写真には他の女子が一人も写っていない。夏子一人だけだ。完全に夏子一人を狙って撮られたものだ。

こんなことができるのは、更衣室で一緒に着替えている誰かだ。おそらく最近に撮られたものだ。当たり前だが更衣室では毎日裸になる、いつかなどわからない。髪型も顔つきも体形もほとんど今と変わっていない。そんなに昔のものではない。

画像の背景では、ロッカーが開いたままだ。そして何か紫色のものがぶら下がっている。夏子は震える指で拡大してみた。それはお守りだった。高校受験のために、田舎のおじいちゃんが送ってくれたものだった。それをロッカーに下げておいた。高校に入学した後は、外した。その奥には制服がほんの一部だけ写っていた。高校のものではない、中学の制服だ。四月より前に撮られたものだ。四月前……。

夏子は顔面蒼白のままあるシーンを思い出していた。確か三月末、高校の合格発表が済んだばかりの頃だった。雪とともに練習を終えて更衣室に入ると、珍しくエリサがいて、塔子もいた。スイミングクラブで二人を見るのは久しぶりだった。合格の知らせをコーチに伝えるために来たのだという。

エリサは笑顔を浮かべて、これからみんなでミスドでお茶しない、と誘ってきた。もちろん夏子は承諾した。あの半年ほど前の誤解以来、エリサとは険悪な関係のままだった。ようやく許してくれたんだ、と涙が出そうなほどうれしかった。もうすぐ卒業、そして離れ離れになる。その前に仲直りができるのは夏子にとって何よりうれしいことだった。ちょっと待ってね、すぐ着替えるから。そう言って雪と一緒に着替え始めた。水着を脱ぎ、バスタオルで急いで身体を拭いた。その時、同じように裸になっていた雪が、あれっと言って夏子の腰のあたりを指差した。

「どうかした?」

「なんか、夏子のこの辺、お尻の上のとこ傷がついてるよ」

傷? ぶつけた憶えも痛みもない。夏子は身体を捻って確かめてみた。でも別に異常があるようにも思えない。

「傷なんてある?」

「あ、ちょっと光の加減だったかもしれない、水着の跡ね、ごめんごめん」

そう言って雪は笑った。その間、もちろんバスタオルを片手に持ったままの全裸だった。正面のベンチにはエリサと塔子が座っていたが、隣で雪も同じように裸だったから、何の警戒もなかった。なにしろ雪や塔子やエリサとは、子どもの頃からの付き合いだ。プールだけではない、それぞれの家に泊まって一緒にお風呂にも入った仲だ。警戒などするはずがない。

結局、そのあとミスドには行かなかった。エリサが、家からメールが来ちゃった、と言ってそそくさと帰ってしまったからだ。塔子も、じゃあ私も帰るまた今度ね、と言って出て行った。また今度、はもちろんなかった。

……夏子はそのシーンを何度も何度も反復していた。したくはないがせざるをえなかった。雪の台詞、塔子の視線、そしてエリサの手にずっと握られていた真新しいスマホ。まさかそんなひどいことを、とその場面を否定すると同時に、それしかない、という確信で放心状態になっていた。

その夜、思い悩み何度も何度も躊躇した後で、雪に電話をかけた。が、繋がっても話ができなかった。声が出ないのだ。これまで何百回も、何百時間も電話で話した相手だというのに。何でも話し合ってきた仲だというのに。

「あら、夏子どうしたの、風邪ひいたんだってね、大丈夫？」

雪の声は普段とまったくかわりがなかった。返事をしたいのだが声が出ない。まるで見えない誰かに首を絞められているようだ。返事どころか、呼吸さえままならない。

「どうしたの、そんな風邪ひどいの？」

パリパリという音がする。雪はサラダせんべいが好きで、食べながら話をする癖があった。寝る前に食べると太るからいけないことはわかってるんだけど、どうしてもやめられないと言っていた。

「夏子ってば！　大丈夫？　もしかしてインフルエンザとかじゃないよね？」

雪の屈託のない声を聞きながら、なんとか声を絞り出した。

「ちょっと、話があるんだけど」

ようやくそれだけ言った。声が震えるのをどうすることもできない。

「何？　何の話？」

雪の声はまったく翳（かげ）りがない。サラダせんべいのパリパリという音が鼓膜にむなしくこだまする。だめだ、話せない、とても聞けない。

「あのさ、会って話せない？」

「今から？　もう九時半だよ？」

「ちょっとだけ、すぐ済むから」

「な、何、どうしたのよ？　何、何の話よ」

ただならぬ気配を察したのか、雪の声も突然緊迫味を帯びた。三角公園で待ってるから、震える声でそれだけ言って電話を切った。額に浮いた汗を拭う。吐き気を懸命にこらえた。

図書館裏の三角公園。大きな公園ではない。せいぜいテニスコートくらいの面積しかない、二等辺三角形の空間。遊具はブランコと滑り台だけ、それに砂場があるだけの小さな公園だ。ちょうど二人の家の中間地点にあったので、幼い頃はよくそこで落ち合って遊んだものだ。砂場の脇には黄色いキリンとピンクの象のオブジェがあり、腰かけてよくおしゃべりをした。キリンが雪の、象が夏子のお気に入りだった。中学生になって本格的に競泳にのめりこんでからは、ここに来ることはほとんどなくなっていた。そんな時間の余裕はないし、話なら学校とクラブの更衣室でいくらでもできたから。

だから三角公園に来るのは数年ぶりだった。図書館の裏手ということもあってもともと目立たない公園だったが、反対側は広い駐車場だったので日当たりはよかった。それが、いつの間にかビルが建てられていてひどく窮屈な空間になっていた。これでは日中でも日が当たらず、陰気で息苦しさを感じるだろう。

だが今夏子が感じている強烈な息苦しさはその空間のためだけではなかった。どう雪と向き合っていいのかわからなかった。どう話したらいいのかわからなかった。公園に足を踏み入れることができず、夏子はキリンと象を植え込みの陰から見つめていた。白い街灯の下で、キリンと象のオブジェはとても小さく見えた。子どもの頃はずいぶん大きく感じたものだが。肩ほどの高さもある玉椿の植え込みからは、夜の植物のにおいがした。

足がすくんでしまってオブジェに近づくことができなかった。ほんの十メートルほどしか離れていないのに、とても距離を感じた。右手はスマホを握りしめていた。掌にはぬるぬるするほど汗をかいていた。夏子は自分の鼓動を聞いていたが、空気が薄くなってきてしゃがみこんだ。うまく呼吸ができない。片膝をつき、吐くような感じで息を整えていた。まるで溺れているような感覚に陥った。

もしかしたら雪は来ないかもしれない、と夏子は思った。電話での自分の口調から何かただならぬ様子を感じ取ったに違いない。いや、確実に感じ取ったはずだ。長い付き合いだ、それくらいのことは気配でわかる。そしてもし、雪に思い当たることがあれば、来ない、いや、来られないはずだ。それでもかまわない、と夏子は思った。夏子自身、会いたくなかったからだ。会うのが怖かった。自分で呼び出しておきながら、今すぐ逃げ出してしまいたかった。

雪は違う。

雪だけは違う。

絶対に違う。

そう思いたかった。そう信じたかった。でもあれは雪の協力なしにはできなかったはずだ。そして雪は写っていない。すぐ隣にいたというのにだ。同じように全裸でいたというのにだ。だいたい、あんなに無防備な状態でいられたのは隣に雪がいたからだし、もともと雪が傷の話を持ち出したのだ。いや、でも雪がそんなことをするはずがない、雪は幼馴染で無二の親友なんだから……頭の中でどす黒い色彩がとぐろを巻いていた。

足音が聞こえてきて、夏子の心臓は躍り上がった。

「なんだ、いないじゃん」

塔子の声だった。いつものように落ち着いた声だった。

「自分から呼び出しといて待たせるふつう？」

エリサの声だった。いつものように半分笑っているような声だった。

「いないんならしょうがない、帰ろう……もう遅いし」

雪の声は普段とは明らかに違い、かすれて心なしか震えていた。三人の声を聞いた途端、夏子はすべてを悟っていた。雪が二人に連絡を取ったということ、一緒にここへやって来たということ。それが雪の返事だった。夏子はもうどうしたらいいのかわからなかった。立ち上がろうとしたが激しいめまいに襲われ姿勢が崩れた。玉椿にもたれかかるような形になり、植え込みがガサリと揺れた。夏子の心臓は停止した。三人の会話も途切れた。不気味な沈黙が続いた。永遠に続くかと思われるような沈黙だった。夏子は三人の視線が、植え込みを突き破って自分の体に突き刺さるのをはっきり感じていた。

「せっかく来たんだからちょっと待っててあげましょうよ。話っていうの聞いてみたいし」

塔子の声が聞こえ、エリサがふふんと鼻で笑った。二人が視線を交わしている様子がはっきりとわかった。その目つきまで頭に浮かんで全身に鳥肌が立った。

「どうせ自慢話とかじゃないの。なんか、調子に乗っちゃってるからさ、あの子」

「まあね、ちょっと自意識過剰気味だし」

夏子は植え込みにしゃがみ込んだまま、必死に胸を押さえていた。でもそんなことをしても無駄な気がした。鼓動は狭い公園に響き渡っていた。

三人は、私がここにいることに気づいた……そう確信した。知っていて、塔子とエリサはわざと聞かせている――それがわかった。

塔子とエリサの会話はその間ずっと続いていたが、聴覚が損傷してしまったかのようにきちんと聞こえてこなかった。血液が弾丸列車のように体中を駆け巡っていた。途切れ途切れに聞こえてくるのは、二人の放つ単語だけだ。つけあがってる、いい気になってる、思い上がってる、自意識過剰、胸を自慢げに見せつけている、胸を誇らしそうに突き出して泳いでる……心をえぐられるような言葉の数々は、もう途中から聞いていなかった。言葉と同じくらい夏子の心を引き裂いたのは、雪の沈黙だった。雪はまったく口をきかなかった。そのことに打ちのめされていた。塔子とエリサに連絡を取ってここに一緒にやって来たということ自体、信じられない裏切りに思えた。

雪は何でも話せる幼馴染だった。無二の親友だと思っていた。家族以外で、最も長い時間を共有してきた人、それが雪だった。いや、ひょっとすると家族よりも長い時間を過ごしてきたかもしれない。学校も一緒、その後のスイミングクラブも一緒だった。中学に入ってからは家族と一日過ごすのは正月くらいのものだった。ゴールデンウィークも夏休みも冬休みも雪と水の中で一緒に過ごしてきたのだ。いつも雪が一緒だった。

雪の沈黙が、エリサや塔子のとめどない悪口と同じくらい、いやもしかしたらそれ以上に胸に刺さった。どれくらいそうしていたのかわからない。一瞬のようでもあり、何十時間のような気もした。体は金縛りにあったように凍り付いていた。

「まったく、なんだかなあ。時間の無駄だっつーの」とエリサが笑った。

「さあ、もう行きましょ」と塔子が言った。

雪はやっぱり最後まで無言のままでいた。

三人が帰ってしまっても夏子は身動きができなかった。腰が抜けたようにその場にしゃがみこんでいた。しゃがみこんだまま、地面に爪を立てていた。地面に亀裂が走り、音を立てて崩れ落ち、ぽっかり開いた暗黒に吸い込まれた。


その日以来、夏子は学校にもクラブにも行けなくなった。外に出ると思うだけで、鳥肌が立ち、寒気をおぼえ、吐き気に襲われた。まるで素っ裸のまま外を歩かされるような気がして、腰が抜けたようになってしまう。靴を履くだけで指がぶるぶる震え、玄関を開けて外の景色を目にすると呼吸困難に襲われた。空気がうまく入ってこない。溺れるということがどういうことなのかを、水のない場所で体感することになった。

玄関先で真っ青な顔で倒れこむ夏子に、父も母も仰天した。なんどか救急車を呼ばれそうになったが、夏子が必死に止めた。近所の目を引きたくなかったし、玄関を離れれば呼吸は一応落ち着いた。部屋にいれば、別の苦しさに胸を焼かれたが、息が止まるという状態にまでは至らないですんだ。

もちろん学校の先生から連絡が来て、家にもやって来た。高木先生という三十代の女性の担任教師で性格は温厚そうだったが、たいした印象もない。お互いよく知らないといってよかった。まだ入学して一か月も経っていないし、二人きりでまともに話したこともなかった。高木先生は、学校でいじめのようなものは確認されていません、と言ったらしい。ニュースで生徒が自殺をすると、学校側の最初のコメントはたいていこういう感じになる。でも夏子の場合はそれが事実だった。クラスの女の子たちとは仲良くやっていた。男子に胸のことでからかわれることはあったが、あれはいじめなどというものではなかった。その程度の軽口は夏子にとってどうということもなかった。もちろん愉快なことではなかったが、いくらでも受け流せるものだった。男子たちとは概してうまくやっていたし、誰とも喧嘩などもしていない。だいたい、入学してまだ一か月足らずだった。高木先生もおそらく困惑しているだろうな、と夏子は思ったが、そんなことを思い煩う余裕もなかった。

荒木コーチは何度も電話をかけてきただけでなく、家にもやって来た。だが夏子は会わなかった。部屋から出なかった。荒木コーチに相談するつもりはまったくなかった。誰にも相談などしたくなかった。

部屋でぼんやりしていると、自分がまるで監禁されているような気になって叫びだしたくなることもあった。

突然、キンコ～ンというＬＩＮＥの軽やかな着信音が鳴った時には悲鳴を上げてしまった。そして発作的にスマホを拳で思い切り殴りつけていた。タッチパネルに蜘蛛の巣状のひびが入り、右手の小指から血が流れているのを呆然と見つめていた。電源のスイッチを入れてももちろん反応しなかった。

そんなことをしたってネットの世界を消滅させることができるわけじゃない、それはもちろんわかっていた。だが、その世界に繋がっていると思うだけで恐怖を覚えた。スマホは多くの高校生にとってそうであるように、夏子にとっても最も大事なツールだった。だが一夜にして最もおぞましい、手に触れたくないものに変わった。目にするだけで吐き気に襲われ全身に悪寒が走った。夏子は壊れたスマホをガムテープでぐるぐる巻きにしてクローゼットの中に放り込んだ。

一人きりですることもしたいこともなく、何もせずにレースのカーテン越しに窓を見ていると、自分が発狂しつつあるのを感じることもあった。叫びだしそうになって、必死に口元を覆うが、血だらけの悲鳴は体の中を駆け巡って、皮膚の内側を傷だらけにした。このままでは私はぐしゃぐしゃになってしまう……。

引きこもりになんてなりたくてなったわけじゃない。家から出ることがたまらなく怖い、人の視線が怖い、裸で放り出されるような気持ちは、たぶん誰にもわからない。わかりっこない。絶対にわからない。

一人きりの部屋で考えていたのは、それほどまでに憎まれることを自分はしたのだろうか、という自問だった。どう考えてもわからなかった。もう何も考えたくなかった。これ以上考えたら、確実に脳の血管が破裂してしまうだろう。夏子は髪をかきむしりながら頭を抱えこんだ。

子どもの頃からの楽しかった思い出がガラスのように砕け散って、頭から降り注いでくる。ビルの谷間で地震に出くわしたかのように分厚いガラスが、頭と言わず体と言わず降り注ぐ。よけるすべもなく切り刻まれていく。まるで血だらけのまま立ち尽くしているような気持ちだ。

夏子にはなんとなく背景の想像がついた。こんなことを思いつくのは塔子だ。塔子が仕組んで、エリサをけしかけたのだ。エリサは塔子に阿(おもね)るように行動することがよくあった。たぶん、深く考えることなく実行したのに違いない。そして雪はそれを補助したのだ。雪の裏切りは絶対に許せない。でも塔子とエリサも絶対に許せない。三人が同じくらい憎かった。どれから刺そうか決断に迷うくらいに、三人全員が憎かった。一人だけをやるなどという選択肢はなかった。一人だけが助かるなんていうのも論外だった。そんな不公平は許されない。許されるはずがない。結論は一つだった。全員まとめて刺し貫かれねばならない。

9　ストリームライン　*Streamline*

沙耶花と駅で別れた後、急に景色ががらりと変わったように感じられた。目に飛び込んでくる色彩がギラギラとしてどぎつい。すれ違う人がみな自分に視線を向けてくるような気がする。盗み見るような、それでいて刺すような視線だ。いや、そんなのは気のせいだ、誰も私のことなんて見ていない……何度そう自分に言い聞かせてみても、鼓動は加速度的に速まり始める。人ごみの中、同年代の子とすれ違うたびに心臓が飛び跳ねた。夏子はこの市で生まれ育った。小学校も中学校も学区内だ。同級生はたくさんいるし、顔見知りも多い。親しかった中学時代の同級生やスイミングクラブの仲間に声をかけられたらと思うと、心臓が破裂するんじゃないかと思うほど暴れまわった。一昨日、沙耶花に声をかけられたように誰かに呼び止められるかもしれない。あれは、沙耶花だからすぐに平静さを取り戻すことができたのだ。沙耶花は、夏子がこの三か月学校にもスイミングクラブにも行っていないことを知らない。ほとんど引きこもり状態だったことも知らない。そして、何一つ聞いてこなかった……。

それは沙耶花が、夏子の生活に関心がないからではない、と夏子にはわかっていた。もし、自分に関心がないのなら駅前で声をかけたりしなかったはずだ。お茶に誘ったり、道場に連れて行ってくれたり、家に泊めてくれたりはしないはずだ。沙耶花は何かを感じ取っていたに違いない、それで何も聞かずにいてくれたのだろう……それが夏子にはわかっていた。沙耶花はぽわんとした子だが、無神経なわけでも頭が悪いわけでもない。ちょっと人とは違った感性なだけだ。距離感も人とは違う、でもドカドカ踏み込んできたりはしない。それはリンちゃんも、そして弓削さんも同じだった。そういう優しい間合いのようなものを感じたからこそ、一昨日から一緒の時間を過ごせたのかもしれない。三人と一緒にいる時、視線を受け止めても夏子はまったく呼吸が苦しくなることはなかった。そして、沙耶花と道を歩いている時、やはり呼吸は乱れず、おどおどもしないですんだ。

だが沙耶花と一緒に過ごしてしまったせいで、一人が、一人で歩いていることに逆に耐えがたさが募るのを感じた。真昼の町中をただ歩いているだけなのに、真夜中のコソ泥のような目つきと足取りでふらついている。警察官とすれ違った時は心臓が躍り上がった。そしてその一分ほど後に、「あ、先輩」と声をかけられた時は息が止まった。斜め前から来る二人組の女子が会釈をしていた。夏子は気づかないふりをして足早に通り過ぎたが、全身から激しく汗が噴き出すのを感じた。全力疾走した後のように呼吸が乱れ、鼓動は早鐘のように鳴っていた。

二人は中学の頃の一つ下の後輩だった。だめだ、このあたりを歩いていれば誰かしら知り合いとすれ違ってしまう。それに今は夏休みだから、この時間でも外出している子は多いはずだ。とても神経が耐えられそうにない。自分の反応は明らかにおかしい。ガラガラヘビだらけの谷に迷い込んだ野兎みたいにびくついている……。

駅からだいぶ離れて人気の少ない住宅地まで来た時、ようやく人心地ついた。木立に囲まれた神社を見つけ、鳥居をくぐって誰もいないのを確認してから敷地に入った。日陰になっているせいで、幾分涼しかった。夏子は大石に腰かけて、ハンカチで額の汗をぬぐいながら、大きな深呼吸を何度も繰り返した。そしてショルダーバッグの中に手を入れバタフライナイフを握りしめた。

一人ずつやるなんてムリなのはさすがに夏子にもわかっていた。三人をどこか一堂に呼び出して、一度にその場でやるしかない。それも場所は駅前や人通りのあるところじゃだめだ。カラオケルームなんかの密室か、あるいは人気のない河川敷でなければならなかった。でもその方策がわからなかった。「夜の八時にビッグエコーに集合ね」なんて仲ではもうないのだ。呼び出しても来るわけがない。というより電話なんてかけるつもりもなかった。となれば待ち伏せしかない。だがそれぞれ違う高校に進んだ三人は、一緒になって登下校しているわけじゃない。それに今は夏休みだから決まった時間に外に出るわけじゃない。

決心は揺るがないが方策が見つけられない。ジレンマに陥って夏子は思わず唇をかみ締めていた。

あの三人をやることに関しては何のためらいもなかった。この三か月、毎晩、何千回何万回も頭では実行してきたからだ。が、あまりにも決行の瞬間にばかり気持ちがフォーカスして、その段取りについてまでは頭が回らなかった。

だめだ、もっと冷静に、現実的に計画を立てなければ。覚悟だけでどうにかなる話ではないのだ。何時・何処で、という肝心の段取りをつけなければ何も進まない。その方策が決まらなければ、単なる妄想で終わってしまう。だがもちろん、妄想なんかで終わらせるつもりはなかった。

夏子はバッグからバタフライナイフを取り出すとロックを外して刃を立てた。この銀色にきらめく十五センチの刃は見せかけだけのものじゃない。使われるべきものだ。やれるだろうか。いや、やるしかない。じっとそれを見つめていると、どこからやって来たのか猫の鳴き声がした。どこにでもいるようなチャトラの猫だ。首輪がなく痩せているところを見ると野良猫のようだ。餌がほしいのか、尻尾を立てたまま脛のあたりに額をこすりつけてくる。お願いだから私に近づかないで、と心の中でつぶやいたが通じない。通じるわけがない。もともと人懐こいのかよほどお腹が空いているのか、やたらと額をこすりつけてくる。

夏子はバタフライナイフを見つめながら、自分の鼓動を聞いていた。やれるのか？　掌はまるで油を塗りたくったようにぬるぬるしていた。猫の細い首筋に視線が吸い寄せられる。鼓動が加速し血が逆流していく。次の瞬間、夏子は左足の爪先でチャトラを蹴飛ばしていた。にゃっ、と短く鳴いてチャトラは飛び下がった。そして恨めしそうな顔で夏子を見た。

夏子はナイフをたたんでバッグに突っ込むと、境内から走り出た。二段飛ばしで石段を駆け下りた瞬間に自転車とすれ違った。若い男だというのがわかったので夏子は顔を伏せたままでいたが、自転車は後ろで止まった。知ってる奴だ、と直感が告げていた。

「おい、夏子じゃん」

声がしたが夏子は振り向きもしなかった。逃げるようにしてその場から離れようとした。自転車がUターンしてこっちに向かってくるのが気配でわかった。来るな、こっちに来るな、と心の中で叫んでいた。

「ちょっと待てよ、夏子、なにシカトしてんだよ！」

ロードレーサー型の自転車が、行く手を阻むように回り込んだ。夏子は歯を食いしばってそいつを睨み付けていた。完太──完太は戸惑ったような顔で夏子を見下ろしていた。その視線が耐えられなかった。地面がぐらりと傾くのを感じた。大きな地震のように世界が揺れ、地面がシーソーのように傾いた。夏子は電信柱にもたれかかった。バランスを崩し電柱で頬を打ったが、痛みは感じなかった。自分はものすごく間抜けな格好をしているだろう、と思ったが世界が崩れている時に格好など気にはしていられない。

「おい、夏子、大丈夫か⁉」

完太は自転車を塀に立てかけると、夏子の肩に手を触れた。触るな、私に触んじゃない、と叫びたかったが声が出ない。電信柱にセミのように抱きついていた。そうしていないと足元から崩れてしまいそうだった。

「やべーぞ、お前真っ青だって。救急車呼ぼう」

そう言って完太はジーンズからスマホを取り出した。夏子はその右手を反射的につかんでいた。救急車なんて乗りたくない。人目に付きたくない。その一心だった。大丈夫だから、そう言おうとしたがやっぱり声が出ない。全霊を込めて目で訴えた。頼むから救急車なんて呼ばないで。

「やばいって夏子、お前の顔マジで真っ白だって。熱中症かもしんない」

「……大丈夫」

ようやく声が出た。今の自分の状態は、他人から見たらまさに熱中症みたいに見えるだろう。

「いや、大丈夫じゃないって。熱中症だって、絶対。ほら、そこ座れ、そこの階段」

完太は夏子の肩を抱くようにして、さっき出てきたばかりの石畳の階段まで移動した。誰かに肩に手を回されるなんて初めての経験だった。恥ずかしくて身がすくむほどだったが、抵抗できる気力も体力もなかった。

「ホントに救急車呼ばなくてもいいのか？」

心配そうに顔を覗き込む完太がたまらなくうっとうしかった。救急車なんて呼ばれたらたまらないので、うつむいたままうなずいた。目を合わせるのが怖い。さっさとどこかに行ってくれ、私のことなんか放っておいて！　そう叫びだしそうになるのを懸命にこらえていた。

「今日も三十五度超えてるからな、いや、四十度近いな、マジでやばいよ今年の夏は」

夏子は息を整えながら、完太の声を聞いていた。ちょっと待ってろ、と言って完太は駆け出して行った。十メートルほど向こうに自動販売機が見えた。この隙に逃げ出そうと夏子は立ち上がった。もう、完太とは一秒も一緒にいたくなかった。だが、立ち上がったとたんに立ちくらみがして、またしゃがみこんでしまった。なんだか、自分がとてもひ弱で脆くなったように思えた。以前は立ちくらみなんてしたことは一度もなかったというのに。ちょっと前までは毎日一万メートル近く泳いでいたというのに。今、プールに戻ったとしても、とてもそんな距離は泳げないだろう。百メートルも泳げばへばってしまうに違いない。しゃがみこんだまま目まいに悶えていると、すぐに完太がダッシュで戻ってきた。

「ほら、飲めよ」

差し出された冷たいペットボトルを受け取り、夏子は逆らう気力もなくそれを飲んだ。完太はちゃんとキャップを開けてから手渡してくれた。完太は幼い頃からおしゃべりで口も回るが、よく気が付くところのある子だった。

「熱中症で毎年何人も死ぬんだぞ、甘く見るなって」

何を言うのも億劫でただ夏子はうなずいた。冷たい水はおいしかった。体の隅々にまでいきわたるようだった。心配そうな顔で見つめている完太の視線を額のあたりに感じていた。

さいばんちょー完太……。

完太にはたくさんのあだ名があった。アホ完太、シンクロ完太、さいばんちょー完太、パンツ屋完太、水飴完太、お願い完太……いくつあるのか数えきれない。学年が変わるたびに違うあだ名で呼ばれていたような気がする。完太は学区が違っていたので小・中とも同じ学校に通ったことは一度もない。高校も完太は都内の男子校に進んだ。でもスイミングクラブはずっと一緒だった。雪と一緒にクラブに通い始めた時、完太はもうすでにそこにいた。クラブで最も目立っているといってもよかった。泳ぎがうまかったからではなく、人を笑わせる人気者だったのだ。とことん陽気でおちゃらけていて、人を笑わせるためなら何でもするようなところがあった。ちいさい子どもによくあるように、体を張った芸で周りのみんなを笑わせていた。

「さいばんちょー」というあだ名も、完太の一発芸からついたものだ。「判決が出ました判決が出ました！」と叫びながら完太が白いビート板を掲げて駆けてくる。そしてみんなの前で急停止し、次の瞬間後ろを向いてお尻をつんと突き出す。そして右手でペロッと水着をめくり、もう一度叫ぶ。「ハンケツが出ました！」

男の子たちは拍手喝采し、女子もまたキャーと悲鳴を上げたりしながらも大うけしていた。これが「ハンケツが出ましたごっこ」で、完太の周りの男の子たちもみんな真似するようになった。あまりにも騒がしく馬鹿らしいので、荒木コーチがみんなを集めて説教したこともある。

「完太君、もうハンケツは出しちゃダメです。そんなに判決を出したかったら、将来裁判官にでもなってから思うぞんぶん出してくださいね」

コーチの言葉にみんなは大笑いした。

「完太はアホだからさいばんちょーになんてなれませーん」

と、誰かが言ってまた大笑いをした。

「コーチ、さいばんちょーは白い紙持って走ってきませーん。走ってきて『判決が出ました』って叫んでんのは新聞記者でーす」

完太は頭の回転が速く、誰に対しても物おじせずにこんな減らず口をたたいた。不思議に生意気な感じはせず、そのせいでコーチも完太と話す時は説教が途中でなし崩し的に崩れてしまう。

「じゃあ完太くん、将来は新聞記者になったら」

「あ、俺、パンツ屋になります！　ハンケツパンツ作ってIT長者になります！」

訳のわからない完太の言葉に、みんなはまた大笑いした。

それが、完太が「さいばんちょー」と言われるようになったエピソードだ。コーチにお説教をされてからは、さすがにコーチたちのいる時にはやらなくなった。でも、いない時を見計らっては相変わらずハンケツを出していたし、女子も悲鳴を上げ「サイテー」とか「キモー」とか「バカすぎー」とか口では言いながらもやっぱり喜んでいた。小学三年生くらいまで、完太はリクエストに応じてこの芸をやっていた。いや、誰もリクエストなんかしなくても、気が向いた時にやっていたような気がする。

ほかにも「シンクロの芸」というのがあった。完太の仲間の一人が「さあ、いよいよシンクロナイズドスイミングのチームの入場です」と叫ぶ。すると、鼻に洗濯バサミをつけた完太を先頭にした四、五人が一列になって通路から入場してくる。顎をツンと上げ、背筋をピンと伸ばし、歩き方はまさにシンクロそのものだ。斜め上に視線を向け、笑顔の固まった表情を見るとその瞬間に噴き出した。これをやると、男子も女子も、一般のスイマーや見学の親たちまで腹を抱えて笑ったものだ。コーチたちまで涙を流して笑いこけていた。

これは中学に上がる直前くらいまでやっていた。中学に上がってからも、完太はやっぱり変わらず、よくまあこんなバカらしいことを思いつくわね、と感心するような一発芸をいくつも発明しては受けを取っていた。そして完太の周りのノリのいい友だちが真似をした。やんちゃ坊主たちが集まって、いつも笑いが絶えなかった。

夏子はペットボトルの水を口にしながら、ぼんやりとそんなことを思い出していた。その頃のクラブは、とても楽しかった。たとえ練習がきつくても、完太のような子がみんなを笑わせてくれたし、あの三人とも仲良くおしゃべりして仲良くクラブに通っていたのだ。バタフライに熱中していて、スイミングクラブは生活の中心だった。そこから、私はなんて離れた場所に来てしまったんだろう、そう思うと涙が出そうになった。

完太はおずおずとした手つきで、夏子の背中を摩(さす)ってくれていた。背中は汗でじっとり濡れTシャツが張り付いていた。そんなじっとりと汗ばんだ背中を触られるのはたまらなく恥ずかしかった。夏子はペットボトルを空にすると邪険(じゃけん)にその手を振り払った。完太はひどくうろたえた様子になった。

「あ、悪い、でも、触ろうとしたんじゃねえからな、あの、摩ろうとしただけだから、あ、でも、すまん」

わかってるよそんなこと、と言おうとしたがやはり言葉は出てこない。沈黙が続いた。ひどく気まずい沈黙だった。完太が何か必死に言葉を探している気配が痛いくらいに伝わった。何も言わなくていい、もうこの場から消えてほしい、私のことなんて放っておいてほしい、夏子は心の中でそう念じていた。

「お前、なんでクラブに来なくなったんだよ」

完太は怒ったような顔で言った。やっとの思いで切り出したというように、その声はかすれていた。

「五月の連休から急に来なくなって、病気かと思ってみんな心配してたんだぞ。荒木コーチも本当に心配してんぞ。ってか、今も心配してる」

夏子は荒木コーチの顔を思い出して切なさがこみあげてきた。荒木コーチは、水泳を始めた時から、十年近く指導を受けていた。小学・中学の担任や先生たちよりずっと親密な関係を築いていたのだ。

「俺、高校になって急激にタイム伸びたんだぜ。嘘じゃねえぞ、ホント、見せてやりたいと思ってたのに」

完太は個人メドレーを選択していた。完太はおちゃらけた性格だが練習自体はまじめにやっていて、四種とも上手に泳いだ。でも逆に言えば、飛びぬけて速い種目がないので個人メドレーをやっていたといえるかもしれない。同年代の男子の中で格段に速いわけではなかった。

「お前が言ってたストリームライン、なんとなくつかめたんだよ、春くらいから」

ストリームライン……中一の時にバタフライから背泳ぎに転向した時、水の上に乗っかっているような感覚をつかんだ時のことだ。その話を完太にしたことがあった。あの頃はスイミングクラブに行くのが楽しくて仕方がなかった。

「俺、メドレーからバタフライに絞ったんだよ。そんで、夏子の言ってたストリームラインが、なんとなくわかったんだ。なんか、ピカッて光った感じがしたよ、頭の中で。あ、これが夏子の言ってたストリームラインかって思ったんだ。バタやりながら、思わず笑ってたよ、この感覚かって」

夏子は目を閉じて自分の鼓動を聞いていた。お願いだからそんな話をしないでほしい。胸が張り裂けそうだ。息がうまくできない。

「お前、どっか、身体の具合よくないのか？」

完太はいたわるような、優しい口調でそう言った。夏子は黙って自分の膝のあたりを見つめていた。病んでいるのは、たぶん、体じゃない。

「どうしたんだよ、いったい。それにお前、高校も行ってないって聞いたしさ」

夏子は顔をあげて完太の目を正面から受け止めた。こんなふうに、二人きりで男の子と隣り合って座るなどというシチュエーションは、夏子にとって初めての経験だった。それは、空想の中でしかなかったことだった。いつかはわからないが、自分にもそういうロマンティックなシーンがあるかもしれない、ときめくようなシーンだった。そしてそこには甘く切ない色彩があるはずだった。だが、完太と腕が触れるほど傍に座っているのに、そんなものは欠片もなかった。相手が完太だからではない。誰が相手でも、たとえ大好きな人や憧れの先輩であっても同じだろう。今の自分の血まみれのような心の状態では、誰とどんな状況でも何一つ変わらない。恋なんていう贅沢な感情が芽生えるはずもない……この先もそれは同じだろう。強烈な憎悪が胸の中で燃えさかった。

「ねえ、完太お願いがあるんだけど」

切羽詰まった声に、完太はちょっとひるんだような顔をして、なんだよ、と言った。

「雪にLINEしてほしいの。これから会いたいって。五時にいつもの三角公園でってLINEしてくれない？」

完太が呼び出せばまちがいなく雪は来る。完太は女子の間ではひそかに人気があったのだ。あいつホントにアホだよね、と口では言いながら、完太が好きな子は何人もいた。

「なんでオレが？」と完太は困惑したような顔になった。「自分ですればいいじゃん。お前もスマホあるだろ」

「私のスマホ壊れてる、今、ないんだ」

「壊れてる？　修理に出しゃいいじゃん。あ、そういえば俺、四月から何度もお前にLINE送ったんだぜ」

「だから壊れたんだって。とにかく、代わりにLINEしてよ。それから、塔子とエリサにも」

「連絡なら電話すりゃいいじゃん。ほら、これでかければいいだろ。三人ともいちおう交換してるから登録してあるし」

そう言って完太は自分のスマホを突き出したが、夏子はそれを押し返した。

「電話では話したくない、会って話したいことがあるから」

「……」

「完太のＬＩＮＥで呼び出して」

完太は視線を泳がせたまま固まっていた。

「一生に一度のお願い」

と、夏子は唇の端に笑みのようなものを何とかこしらえながら言った。子どもの頃「ハンケツごっこ」や「シンクロ歩き」などと一緒に「一生に一度ごっこ」というのもはやった。もちろんはやらせたのは完太だ。「一生に一度のお願いですっ！」と叫んで「おにぎりください」「キャラメルください」「するめください」「百円ください」と立て続けにお願いをするという、実にたわいもないものだった。「何が一生に一度のお願いよ！」と言いながら笑いこけていた時があった。そんな場所から、私は遠く遠く遠く離れてしまった、と夏子はまた思った。完太にこんなことで「一生に一度のお願い」をしている自分が、たまらなくみじめに思えた。あの頃みたいに無邪気に笑うようなことは、この先二度とないだろう。

完太はしばらくの間、夏子の視線を受け止めていたが、やがて視線を外した。夏子も息苦しくなってうつむいてしまった。完太はため息をつきながらスマホに向き合うと、ＬＩＮＥのメッセージを打ちはじめた。すぐに、キンコ〜ンという軽やかな返信くることがあった。

「ウサギが飛び跳ねてる、ボンボン持って」

夏子はうつむいたままうなずいた。雪はすごくうれしい時、そのスタンプを送って

音が鳴った。

「雪から」

感情のこもらない声で完太が言った。

「エリサから。『行ってもいいけど、私に告るつもり?』だと。告るかよ」

しばらく間があって着信音が鳴った。

「塔子から。ＯＫ、だって」

「……」

「これでいいのか?」

夏子は無言でうなずいて顔をあげた。一瞬、見つめ合ったが、夏子はすぐに視線をそらした。

完太はなんだか悲しそうな顔をしていた。ハンケツが出ました、と叫びながら水着をめくっていた少年の面影はどこにもなかった。

10　トライアングルパーク　*Triangle park*

振り切るようにして完太と別れ、三角公園へと道を急いだ。五時までにはまだたっぷり時間はあった。

公園には誰もいなかった。公園というより、形が悪すぎて使い物にならないまま放置されてしまった空間に見えた。夏子は玉椿の植え込みに近づいていって足を止めた。三か月前、この場所に立ち尽くしていた。ゴールデンウィーク前の、晩春のうそ寒さを感じる四月末の夜のことだった。呼吸ができなくなってこの場所にしゃがみ込んで、吐くような姿勢のまま息を整えていた。そして、塔子とエリサのナイフで胸をえぐるような言葉の数々と、雪の沈黙を聞いていた。隠れるようにして息をひそめて、息をするのもままならず、溺れるようにして。

なんておぞましい記憶だろう。消せるものなら消したいような記憶だ。沸騰した血が逆流するような感覚に襲われて、思わず両手で耳をふさいだ。そうしないと耳の穴から血が噴き出してしまいそうだった。

この場で片をつけよう。もう引きこもりなんてごめんだ。自分を外の世界に解き放つには、ここで決行するしかない。夏子はバッグの中のバタフライナイフを握りしめていた。ただ立っているだけなのに、大量の汗が顎から滴り落ちた。

視界は暑さのせいか興奮のせいかわからないが歪んでいたが、奇妙なことに気が付いた。キリンと象のオブジェが四つに増えていた。いつの間に増やしたんだろう？目をこすってみたがやっぱり四つだ。

まあでもそんなことはどうでもいい。これからやることに意識を集中させよう。夏子は大きく深呼吸を繰り返しながら、バッグの中のバタフライナイフを砕けるほど握りしめた。

カラスがどこかで狂ったように鳴いているのが聞こえた。人の笑い声そっくりの鳴き声だった。


完太には悪いことをしてしまった、とふと思った。これから起こること、これから私がしようとしていることに完太を巻き込んでしまった。完太との嫌な思い出など一つもない。いつも腹が痛くなるほど笑わせてくれるクラブの仲間だった。そういう大事な仲間を利用してしまったと思うと、胸がふたがれるような気持ちになった。自分はやってはいけないことをしてしまったのではないか、という思いがこみ上げてきた。

でも、一昨日バタフライナイフを手にした時からもう一線は超えている。もう引き返せない。引き返したくない。引き返す場所などどこにもない。夏子は頭を振って、完太のイメージを追い払った。視線を巡らせると、奇妙なことに、目の端でキリンと象のオブジェが八つに増えていた。目をこすってみたが変わらない、八つある。なんで増えているんだろう？　カラスが狂ったように鳴き続けていた。やっぱりそれは人の笑い声そっくりだった。

「自分は本当にやれるだろうか」と夏子は自問した。「やるんだ」という自分の声がした。「やらなきゃだめだ」というもう一人の声がした。「絶対にやれ」もう一人の声がした。「やれるわけないよ」とまた違う声がした。「やれば」投げやりな声がした。「みんな死ね！」と叫ぶ声がした。「お前が死ね！」怒鳴り返す声がした……夏子は景色がぐにゃりと歪んでいくのを感じていた。立っているのがやっとだった。自分が果てしなく分裂していくような感覚に慄（おのの）いていた。頭の中では、何十何百という自分の声が声を限りにそれぞれ勝手なことを叫んでいた。視線を巡らすと、キリンと象のオブジェが二十個くらいに増えていた。

「お前が死ね」……か。うん、それもいい。それもいいかもしれない。もし、もしも三人に切りかかることが無理でも、自分の喉をかき切るくらいなことはできる気がした。いや、できると誰かが叫んだ。できるできる、とまた別の声がした。できるできるできるできるできるできるできる……自分の中のすべての声が叫んでいた。

答えが見つかったような気がした。やるべきこと、そしてできることが鮮明になった。もう迷わない、迷いはない。自分の血しぶきが三人に降り注げばそれで満足な気がする。夏子はニヤリと笑っていた。三人をやるよりは、自分の喉をかき切るほうが確実だ。三人の前でこのバタフライナイフで喉笛をかき切ってやればいい。生涯忘れられない、忘れたくても忘れられない記憶となって奴らを苦しめることができるだろう。彼女たちのこれからの人生は呪われたものになるはずだ。ざまあみろ、と誰かが叫んだ。ざまあみろ、別の誰かが叫んでいた。ざまあみやがれ、世界中の声が叫んでいた。

視線を巡らすと、キリンと象のオブジェが百個くらいに増えていた。こんな狭い三角公園に、オブジェが遠近感を無視して並んでいた。アメリカ映画に出てくる広大な敷地に並ぶ墓標のように。人の笑い声とそっくりなカラスの声があたりに響き渡っていた。いったいどこで鳴いているのだろうと視線を巡らすがカラスなんてどこにもいない。視線を戻すと狭苦しい公園にキリンと象のオブジェが無限に増殖していた。三角公園が異次元空間のように歪んでいた。

すれすれの意識の中で、たぶん私はもう正気じゃないのかもしれない、とぼんやりと思った。「その通り」と誰かが言った。「もう狂ってるよ」別の誰かが叫んだ。「こいつ、もう発狂しちゃってるよ」みんなが笑っていた。何千もの数に増えた黄色のキリンとピンクの象も、狂ったように笑い声を上げていた。その笑い声の中には、雪と塔子とエリサの声も含まれていた。

……来た。

夏子はショルダーバッグに右手を突っ込んでバタフライナイフをきつくきつく握りしめた。手がまるで自分の物じゃないようにぶるぶる震えている。夏子は左手で右手首をがっちり掴んだ。それでも右手の震えは止まらない。まるで、暴れまわるワニの尻尾をつかんでいるようだ。

近づいてくる三人は浴衣を着ていた。藍色のちょっと大人っぽい雰囲気の浴衣姿で、三人とも髪をアップに結い上げている。足元は可愛らしい鼻緒の下駄だ。何やら楽しそうに話をし、笑い声を上げながら近づいてくる。夏子のほうには目を向けようともしない。視界に入っていないはずがない。無視しているのだ。十メートルほどの距離に近づいた。夏子はショルダーバッグの中で、バタフライナイフのロックを外した。そう、それでいい。この輝くバタフライナイフでお前らの世界を真っ赤に変えてやる。夏子はニタッと笑っていた。

彼女たちとの距離が五メートルほどに縮まった時、あ！　と声を上げそうになった。違う……三人は、見たこともない三人連れだった。たぶん、もっと年上、少なくとも高校生ではない。二十歳を過ぎているように見えた。夏子は、後頭部を殴られたようにぐらりと傾いた。たたらを踏みつつなんとか保ちこたえたが、上体がぐらぐら揺らめいていた。

三人はすぐ前まで来て足を止めた。全員がぎょっとした顔で夏子の顔を見つめている。猫が危険なにおいを察知して動きを止めるように。だがそれは一瞬のことで、夏子を少し迂回するようにして素早くすれ違っていった。夏子が振り返ると、三人も振り返って夏子を見ていた。そして急ぎ足で公園から出て図書館の角を曲がって見えなくなった。

夏子はぼんやりとその後ろ姿を見送っていた。びっしょりと汗をかいているのに、体の芯が凍ったように寒気が止まらない。消えかけのロウソクの炎のように全身を震わせていた。

「夏子、お前大丈夫か」

後ろから声をかけられ、夏子は思わず飛び上がりそうになった。完太が一人で立っていた。なんで完太がここに……？　頭が痺（しび）れたようにうまく働かない。

「あいつら、来ないから」

と完太は言った。夏子は完太の顔をじっと見つめていた。何を言っているのか理解できなかった。来ない？

「俺、さっきＬＩＮＥ送ってないんだ、あいつらに。トールとゴンとサッサにスカ打ちしただけだ」

完太の声は平静だった。三人は完太と一緒にハンケツを出したり、「シンクロ歩き」をしていたクラブの仲間だった。

「とてもまともな話をするとは思えなかったからさ。異様な目つきしてたぞ」

背、伸びたな……そんな場違いなことを思っていた。小学生の頃は夏子のほうがずっと背が高かった。中二くらいまでは夏子のほうが高かったような気がする。その視線は今ではちょっと上にあった。

完太は、子どもの頃からは想像もできないような大人びた、真面目な口調で話し続けていた。まるで別人のようだ。

「お前ら、喧嘩したんだろ？　去年くらいから塔子やエリサと仲悪くなってたのは知ってたよ。ちっこい頃からクラブにいるんだからな、見てりゃわかるよ」

喧嘩？

ふざけるな。喧嘩なんかじゃない。見てりゃわかる？　お前なんかに何がわかる。

わかるもんか、わかるはずがない。

強烈な憎しみがその瞬間に弾けた。弾けてはいけない場面で弾けてしまった。自分で自分を制御できなかった。

夏子はバタフライナイフを抜き出した……つもりだった。体当たりしながら完太にぶつかっていく……つもりだった。だが、一歩も動けなかった。その代わりにその場に激しく嘔吐していた。恥も外聞もなく、ゲエゲエ吐いた。

「おい、夏子、大丈夫か……」

完太の声が遠くに、はるか遠くに聞こえた。その手が肩に触れた時、夏子は手刀を切るように振り払った。私にもうかまわないで……でも言葉にはならなかった。恥ずかしさでいたたまれなかった。夏子は内部のすべてを吐いてしまうと、袖で乱暴に口元をぬぐって駆けだした。後ろで完太が叫ぶ声がしたがもちろん振り返りはしなかった。公園の出口のところでけつまずいて、激しく転んだ。顔面を強打したが、すぐに起き上がって駆けだした。こんな惨めなことが世の中にあるのだろうか、と気が狂いそうだった。心の中で声を限りに絶叫しながら駆け続けた。

11　スカイツリー　*Skytree*

夏子は江戸川まで駆け続けた。息が切れて心臓が口から飛び出しそうだった。飛び出せばいいのにと思いながら土手を駆け下りた。ランニングコース沿いにあるトイレに入って鏡を見た。鏡に映してみると、上唇が切れて血が流れていた。傷はそれほど大きくないが、腫れあがっていた。その顔を見て涙が出そうになった。なんて惨めな顔なんだろう。三か月前の私は、「これが私よ！」って顔してたはずだ。それなのに、今の私は「これが私？」と思えるほど悲惨な顔つきになっているのだ。嗚咽がもれそうになったが、歯を食いしばってこらえた。もう二度と泣かないと決めたのだ。ポケットに入れたままにしていたマスクをつけた。

馬鹿らしくて笑う気にもなれなかった。もう自分が何をしたいのか何をしようとしているのか考える気力すらなかった。果てしなく打ちのめされていた。

自分は、完太を刺そうとした……。信じられなかった。何の関係もない、何の恨みもない、それどころかそこはかとない好意さえ持っていた完太を刺そうとした。あの時、激しい嘔吐にみまわれなければ、まちがいなく刺していた。自分を制御することができなかった。正気ではない。もう自分が何をしたいのかもわからない。自分が自分であることに自信が持てない。何をしてもまちがいなような気がする……。

炎天下を呆然と歩を進め、江戸川のコンクリートの堤防に出た。日を遮るもののないこのあたりには誰もいない。少し離れた藪の中にホームレスのハウスがいくつかあるだけだ。

無性に沙耶花に会いたかった。会いたくてたまらなかった。でもどうしても楽々亭の方角に足を向けることができなかった。お昼に別れた時、あとで必ず連絡してね、と沙耶花は言っていた。約束よ、という声を背で聞いていた。でも私は、沙耶花と何かを約束できるような人間じゃない。沙耶花の澄み切った世界を、自分のどす黒い足で汚したくなかった。自分は、何の関係もない完太を巻き込もうとした、いや、まかりまちがえば、刺す寸前のところまでいった。沙耶花まで、自分のような頭のおかしい人間のやることに巻き込んではならない。それだけは強く思った。

もうどこにも行くところがなかった。いったい自分は何をしているんだろう、夏子は呆然と川の流れを見つめていた。もう自分を支えるものが何もなかった。これまでは狂気の世界で荒れ狂う心を磨き尖らせていればよかった。復讐を考えることで自分を支えていた。でももう正気は失いたくなかった。復讐の決意は変わらないが、正気を失っては意味がない。何の関係もない完太を刺そうとした自分がいまだに信じられなかった。完太の呆然とした顔が浮かんだ。心は原形をとどめないほどぐしゃぐしゃになっていた。

スカイツリーがそびえる向こうの空に、夕日が沈んでいくのをぼんやりと眺めていた。リンちゃんの部屋からもこんな角度でスカイツリーが見えていたな、と思いながら。

いっそのこと、江戸川に飛び込もうかと思った。でも駄目だ、こんなゆったりした川の流れで自分が溺れるわけがない。いくら三か月泳いでいないとしても、体は覚えているだろう。自然に泳ぎ始めて、岸に戻ってきてしまうに違いない。私は自分でケリをつけることもできない、クズでゴミのような人間だ。決意を固めたくせに、あれほど決行すると自分に誓ったくせに結局何もできない。完太から逃げ滑って転び、顔面からつんのめっている。あの時の笑い声が聞こえてきた。何百何千に増殖したキリンと象が笑っていた。耳をふさいだ。私は今、正常なんだろうか。リトマス試験紙はいったい何色に染まるだろう……。

もうこの世界に自分の居場所なんてどこにもないような気がした。もう私はダメなのかもしれない、そう思いながら、沈んでいく夕日を見るともなく見つめていた。もうダメかもしれない……自分に見切りをつけた言葉が何度も浮かんでは消えた。溺れ死ぬのは絶対ムリだ。ならば、このバッグの中にあるもので、ケリをつけるしかない……。

「よお、こんなとこで何やってんだよ、黄昏(たそが)れてんのか？」

振り返るとジョギングシューズをはいたリンちゃんがいた。ランニングの途中らしくびっしょり汗をかいている。

「なんだ、マスクなんて付けて、風邪か？」

黙って首を振る。この人に初めて出会ったのが昨日だなんてちょっと信じられないと夏子は思った。ずっと昔からの友だちのようだ。だが私には友だちなんていない。もう二度とほしくない。

「言っとくけど、オレが移したわけじゃねえからな。オレ、昨日の時点でカンペキ治ってたからな」

「風邪じゃないよ」

夏子はつぶやくように返事を返した。もうこの人にも関わりたくない。いや、私なんかと関わるべきじゃない。夏子は視線を元に戻した。リンちゃんが土手を駆け下りてくる音がしたが振り返らなかった。

「おい、行くぞ。早くしろよ、オレ、準備しなきゃいけないんだよ。はよ立て」

リンちゃんは夏子の腕を取った。

「なんだよ、サーシャが連れてくるはずじゃなかったのかよ。はよ立てって」

何を言っているのかわからない。この人も、沙耶花と同じで完全にマイペースだ。逆らう気力もなく立ち上がる。

「なんか飲もうぜ、喉かわいた。来いよ」

腕を取られたまま、しょうがないので並んで歩く。三分ほどでリンちゃんのアパートに着いてしまった。意外に近い場所にいたことに驚いた。さっきの場所からスカイツリーが同じ角度で見えていた。だから無意識にあの場所にたたずんでいたのかもしれないとぼんやりと思った。

部屋に入るとさすがにマスクをしているわけにもいかず、外した。リンちゃんは顔を見ると、肩をすくめて、ひでえ顔と一言言った。腹も立たなかった。確かにひどい顔だ。でも傷がなくてもひどい顔だろう。自分で大切にしなくなった顔なんて、ひどい顔にきまっている。ほら冷やしとけよ、と言いながらアイスパッドを放ってくれた。口元に押し付けると気持ちがよかった。冷蔵庫からコーラを取り出して、夏子にも一本渡してくれた。リンちゃんは男のように喉を鳴らしてごくごくとコーラを飲んだ。

「お前さ、無口だよな」

そう言って夏子を見下ろしていた。そうかもしれない。それはそうだ、自分から話すことなど何もないのだ。なんだかまた息が苦しくなってきた。リンちゃんは立ち上がると、あれもう捨てたっけかな、とかつぶやきながら、押入れを開けてごそごそやり始めた。ああ、あったあった、と言いながらタバコを手にして正面で胡坐をかいた。

「もう何年も吸ってないんだけどな、お前を見てたら吸いたくなったよ」

リンちゃんは慣れた手つきでタバコに火をつけると、吸い込んで鼻から煙を出した。メンソール系のにおいが部屋に広がった。ああまずい、と言いながらリンちゃんは顔をしかめた。タバコとライターを押し出し、お前も吸うか、と言った。夏子は無言で首を振った。夏子の両親はタバコを吸わない。もちろん夏子もタバコなんて手に触れたことさえなかった。吸いたいと思ったこともない。でも普段とは違うことがしたくなった。少しは呼吸が楽になるかもしれない。手を伸ばしてタバコを一本抜きとった。先端に火をつけて吸い込んだが、大きくむせ返った。まずい、としか言いようがなかったが、そのまずさが今の自分には合っているような気がして、無理矢理にもう一口吸った。リンちゃんは立ち上がって窓を大きく開けると、そのまま窓枠に座り込んだ。

「サーシャが来るとうるさいからな。あれ、においに敏感だから」

窓の外には江戸川が見えた。その向こうにはスカイツリーが見えた。夏子は畳に腰を下ろして、ゆっくりとコーラを飲んでいた。傷口に炭酸が滲みた。沈黙が続いた。セミの声が空気を揺らしていた。

「お前、学校行ってないだろ？」

藪から棒にリンちゃんが言った。

「沙耶花に聞いたの？」

リンちゃんは鼻を鳴らして小馬鹿にするように小さく笑った。

「サーシャはなんも言わないよ、お前のことなんか。それにお前、サーシャと高校違うだろ？」

「じゃあなんで知ってんのよ」

「学校行ってる奴がそんな目つきにはなんないからだよ。お前、人としゃべってないだろ、長いこと。引きこもっちまうとそういう石膏で固めたみたいな顔になんだよ。なんてったっけ、ああ、デスマスクだ」

デスマスク……。確かに私の顔はデスマスクみたいに無表情だろう。いや、私の顔と比べたら、デスマスクのほうがまだ表情が豊かに見えるかもしれない。

「なあ、お前、知ってるか？ 昨日からオレ一度も見てねえよ、お前が笑うの」

よくわからない。私は笑っていないんだろうか。たぶん、笑っていないだろう。もう三か月くらい笑っていない。この先も、笑うことなんてないだろう。

「お前見てると、昔の自分見てるみたいな気になるよ」

夏子は顔を上げた。弓削さんも同じことを言っていたというが、リンちゃんと似ているところなどどこにもない。リンちゃんは無表情に夏子を見下ろしていた。

「お前が考えてること、当ててやろうか？」

夏子は切るような視線を飛ばした。考えてること？　当ててやる？　ふざけるな。あんたになんてわかるはずがない。

「あんなもんバッグに入れて、そんな目をしてたらわかるに決まってんだろ」

「見たの？」

口調がきつくなるが抑えようがない。

「見たんじゃなくて見えたんだよ。昨日、サーシャの部屋でバッグから柄がちらっと見えた。オレも昔、あれと似たようなもん持ってたからな。わかるよ、お前の考えてそうなことなんて」

リンちゃんの声は淡々としていた。わかるはずがない。彼女に私の気持ちなんてわかるはずがない。誰にもわかるはずがない。

「だってお前、リンゴの皮をむくために持ち歩いてるわけじゃないんだろ、あれ」

「じゃあ何のためだと思ってんのよ」

「オレに聞いてどうすんだよ、お前のもんだろが」

しばらく無言で睨み合う。リンちゃんは肩をすくめると、視線を先に外した。やりたいんならやればいいさ、とリンちゃんは遠くできらめく川面を見つめながら言った。

「以前はオレもお前と似たような目つきしてたからな」

「だからどんな目よ」

「誰かを刺し殺すって決意した目だよ」

そう言って夏子の目を見ると、外に向かってタバコを弾き飛ばした。

「お前にはそうしなきゃいけない理由があるんだろ？　だったらやりゃいいさ」

その通りだ。そうしなきゃいけない理由がある。別に人から言われなくても絶対にやってやる。突如、このわかったような顔をしている美少年に、夏子は激しい憎しみを覚えた。お前に私の気持ちなんかわかるはずがない。絶対にわかるはずがない。

「オレがどこで弓削さんと知り合ったか教えてやろうか？」

そう言って新しいタバコに火をつけた。

「病院だよ。オレの地元は錦糸町だし、弓削病院も錦糸町。たまたま近くにあったからさ。そこで出会ったんだ」

リンちゃんの指先から、線香のような煙が立ちのぼっていた。奇妙なほど真っすぐな煙だった。

「病気だったの」

「いや、病気じゃねえよ。おろしてもらったんだよ。弓削さんに」

え？　頭が真っ白になった。おろす？　何を？

「いや、おろしたっていうより流産だな、出血して担ぎ込まれたわけだから。その時、オレ、十四だよ」

リンちゃんは向き直って夏子を正面から見た。その顔には何の表情も浮かんでいなかった。今までのような生き生きとしていた顔は消え、お面のような空虚な顔がそこにあった。瞳には吸い込まれそうな闇があった。ぞっとするほどの闇だった。全身に鳥肌が立つのがわかった。さっきあれほど吐いたのに、猛烈な吐き気がこみ上げてきて、思わず口元を両の掌できつくふさいだ。彼女の声は淡々としていた。

「オレ、今でもそいつを殺したいと思ってるよ。その時も、殺してやるつもりだった。この先もたぶん同じだろ。だから、お前の考えることもわかる。おんなじ目をしてんだから。だから、お前もやりたいんなら、やりゃいいさ」

肌に突き刺さるような静寂がおりた。昨日、この人には悩みなんてなんにもないんだろうな、と思ったのを思い出した。私は何を見ているんだろう……と夏子は愕然とした。その瞳にある闇には、底知れぬ深さと重さと冷たさが滲んでいた。私の心が薄明るく感じるくらいに。何があったのなどと聞けるものではなかった。話せるものでもないだろう。自分と同じように。それでも聞かずにはいられなかった。

「どうして……やらなかったの？」

リンちゃんは、くくっと短く鼻を鳴らした。

「言わねーよ、お前みてーなバカ娘に」

感情が欠落したような瞳で見つめられ、夏子は凍り付いていた。リンちゃんはしばらく夏子を見下ろしていたが、また鼻を鳴らして視線を外した。そして窓の外を見て、思い出し笑いをするかのように小さく笑って、聞き取れないくらいの声でつぶやいた。

「あのカラフルゴリラめ、オレをペテンにかけやがって……」

その時、ノックの音がしてすぐにドアが開いた。沙耶花が玄関で目を丸くして立ち尽くしたかと思うと、びっくりするような大声で叫んだ。

「あ！　あ！　な、何、二人でそんなもの吸って！　な、なんて不良！」

12 バースデー *Birthday*

鉄工所の階段を上がっていく。二階のドアを開けると教室三つ分ほどの広さのある道場にはたくさんの人が集まっていた。百人、いやそれ以上いるかもしれない。立錐(りっすい)の余地もないほどだ。この前見たバッキンガム先輩やベルサイユ先輩なども見える。みんなきらびやかな衣装をまとっていた。まるで外国の舞踏会のような格好だ。沙耶花とリンちゃんは、みんなに挨拶をしながら、人ごみの中を進んでいく。両側から腕を組まれて、夏子も呆然としながら足を運んだ。完全にペースに巻き込まれてしまっている。なんの説明もないまま、リンちゃんの部屋から挟まれて連れてこられたのだ。抵抗する気力もない。この二人といるともうその流れに身を任せるしかない。そしてそれが決して不快ではないのだ。

リングサイドには、華やかな衣装の人たちの中でもひときわ目立つ弓削さんが立っていた。今日もまた、金色のズボンにエメラルドのシャツ、深紅のジャケットという目を疑うような格好をしていた。金色のズボンなんてどこで買ってくるんだろう。買う人も買う人だが、それを売っている店があるということ自体が驚きだ。

「弓削さん、今日はなっちゃんの誕生日でもあるんです」沙耶花が息を弾ませて言う。

「合同パーティーでいいですか？」

あっらああ、と素っ頓狂な声を上げたかと思うと、いきなりハグされた。よける間もない。分厚い鎧のような筋肉に包まれて、一瞬ギクリとした。衝撃ではあったが、やはり不快ではなかった。

「もっちろんよ。なっちゃんと誕生日が同じなんて、どうりであたしたち、似たところがあると思ったわ」

ないって、どう見ても。一ミリもない。でも完全に忘れていた。真夏に生まれたから夏子。そのまんま。でも日にちの感覚をなくしていることもあり、そんなことは完全に忘れていた。だいたい、十六になったところで、何かが変わるというわけではない。それにしても沙耶花が誕生日まで知っていることのほうが驚きだった。

「あらま、あらやだ、この子ったら」

弓削さんは急に眉をひそめると、両手で夏子の頬を包み込んだ。

「唇切らして。あなた、ちゃんと消毒した？」

夏子は横に首を振った。こっちにいらっしゃいな、そう言うと弓削さんは肩を抱くようにして、人ごみの中を進んでいく。

椅子に座らされると、弓削さんは慣れた手つきでガーゼで傷口を拭ってくれた。少し滲みたがじっとしていた。まるで小さな女の子がお母さんに口紅を塗ってもらっているような感じだった。弓削さんの顔が目の前にあるが、恥ずかしさも気まずさもまったく感じなかった。

「弓削さん」

思わず名前を呼んでいた。この人の名を面と向かって呼ぶのは初めてだ。

「なあに？」

「私とリンちゃん、似てますか」

思わず聞いていた。

「あら、どうして？　ぜんぜん似てないわよ」

けろっとした顔で弓削さんは言った。相変わらず、弓削さんの口調は冗談なのか真面目なのかわからない。

「でも、昔の岬には似てるわね、それにあんなもん持ち歩いてるし」

すぐに思い出した。あの時、駅の銀行前で遭遇した時、あまりの衝撃でバッグを落としてしまった。慌てて拾い上げたが、あの時一瞬だけバッグからはみ出たのだ。なんでみんな知ってるんだと思うが、それは私が間抜けだからだろう。

「……ウフフ、あなたあれで誰かを刺したくてたまんないんでしょ」

と弓削さんは微笑んだ。夏子はその目を見据えながらうなずいた。

「だったらやりなさい、あなたにはそれだけの理由があるんでしょ？」

夏子はまたうなずいた。その通りだ。それだけの理由がある。だから手に入れた。

「でもあなた、どうしたらやれるのかわからない、違う？」

その通りだ。バタフライナイフは手に入れたけれど、ただ持ち歩いているだけだ。お守りとかわらない。どうしたらやれるか、わからない。もう何をしたいのかもわからない。何の関係もない完太を刺しかけた。自分が何をしてるのかさえわからない。

「なぜわからないか、あなた、わかる？」

弓削さんの不思議な言い回しに戸惑いながらも、夏子は首を横に振った。

「それはあなたが馬鹿だからよ」

と言って弓削さんはまたフフフと笑いながら、夏子のおでこを指でつついた。

「馬鹿で浅はかで知恵も回らず世の中のことを何にも知らない小娘だからよ。違う？」

夏子は唇をかみ締めた。傷口にまた血が滲むのを感じたがそんなことはどうでもよかった。悔しいがその通りだ。手段のことだけではない。私は何もわかっていない。沙耶花の苦しみも、リンちゃんの深い闇も何も知らずに表面だけを見てわかったような気になっていた。自分だけが世界の苦しみを一人で背負っているような気でいた。

「やりたくてもやれない、それは馬鹿だから。でもどうしてもやりたいんなら、やることは一つでしょ？　賢くなることよ」

そうかもしれない。馬鹿だから、賢くないから、自分が何をしたいのかもわからなくなっているのだ。

「そして、やるんだったら、完璧に完全に心ゆくまでやらなきゃ。それともあなた、酔っ払いがゲロ吐くみたいに、衝動的にコトを済ましちゃって、それで気が済むの？　ゲロゲロって吐いたらそれでさっぱりするの？」

済まない。そんなんじゃ気が済まない。済むわけがない。さっき、完太の目の前で吐き続けた自分を思い出し、この場で死んでしまいたいくらいの羞恥に襲われた。もし、弓削さんがその太い腕で絞め殺してくれるんならそれでもいいとさえ思った。

「さっぱりするの？」

畳みかけるように問いかける弓削さんに、何とか首を振った。もう、涙をこらえるのがやっとだ。弓削さんは、相変わらず、まったく自分のペースを崩さず笑みをたたえたままの顔で見つめている。

「でしょ？　復讐はハンパにちょろく済ませちゃだめ、そんなんで済ましちゃダメ。復讐はパーフェクトにやらなきゃ」

復讐はパーフェクトに……思わずつぶやき返していた。

「そう。それには賢く、強くなることよ。そうすれば自分の気の済むまで復讐ができるじゃない。ここで一句詠むわよ、『復讐は　完璧　完全　心ゆくまで』。上出来でしょ？」

その通りだと思った。復讐はちょろくハンパに済ませてはならない、完璧に完全に心ゆくまでやらなければならない。夏子はうなずいていた。リンちゃんが言っていたペテンという言葉がちらと頭をよぎったが、それは後で考えてもいいような気がした。

「あなた、あれまだ持ってるの？」

夏子は呆然としながらうなずいた。ちょっと躊躇ったが、バッグに手を入れてバタフライナイフを抜き取った。ロックを外す。振り回すと、キンッと小気味のいい冷えた音が響いて、刃が直立した。ナイフの先端が銀色にキラリと輝いた。

「これ、あたしにくんない？　バースデーパーティーなんだから、なんかプレゼントくれるのが礼儀ってものじゃない？」

「何に使うんですか？」

「ヒゲ剃るのよ。男性ホルモンにも困ったものね、お肌のお手入れも大変なの」

脱力しそうになる。夏子は折りたたんで、バタフライナイフを差し出した。これを手に入れた時は、自分の体の一部のような気がした。でも、こんなものが私の一部であるはずがない。弓削さんに手渡した途端、呪縛が解けたような気がした。こんな邪悪なものを持ち歩いていた自分が空恐ろしく思えた。いや、バタフライナイフが邪悪なわけではない。バタフライナイフは、ただのナイフだ。邪悪なのはそれを握りしめていた自分の心のほうだろう。

「私には……くれないんですか?」

「くれちゃうわよ。でも、今じゃない」

「いつですか?」

それには答えず、フフフと弓削さんは意味深に笑った。

その時、急に部屋が暗くなったかと思うと、リングに蝶ネクタイを付けた背の低い若い男の人が立っていた。あれは下の鉄工所の社長さんだ。鏑木さんだと言っていた。

「それではこれより、弓削さん・アーンド・なっちゃんのバースデー記念、スペシャル・エキシビッション・マッチを行います!」

まるで本物のリングアナのような伸びのある迫力に満ちた声が響き渡った。

「さあ、ショータイムよ!」

そう言って弓削さんが顔を輝かせた。

道場の電気が一瞬消えたかと思うと赤のカクテル光線が暗闇の中を走りぬける。

「それでは赤コーナーより、リンドバーグ・ミーシャ選手の入場ですっ！」

というプロ顔負けの絶叫と同時に、入口のドアが開いた。スポットライトが一直線に伸びる。タイトな黒のボクサーパンツとコスチューム姿のリンちゃんが立っていた。その衣装は中性的な体形にとても似合っていた。

リンちゃんは風のようにリングに走ってきた。エプロンサイドに飛び乗ると、ロープを両手で掴み、そのままコーナーポストに飛び乗ってしまった。とてつもない跳躍力に、観客から大歓声が上がった。

「続きまして青コーナーより、ポチョムキン・サーシャ選手の入場ですっ！」

反対側の非常口のドアが開いて、青いカクテル光線の中に沙耶花が姿を現した。足首まであるシルバーのタイツに白いシューズ、上も手首まであるロングの衣装だ。胸には不自然に思えるほどの膨らみがある。リンちゃんが言ったように、確かに盛りすぎだ。腰周りにも厚めのパッドが入っているのがわかる。それでもやはり細さは否めない感じで、これは中性的というより、宇宙人のようだ。

沙耶花は階段を使ってゆっくりリングに上がると、ロープをまたいだ。と同時に、かぶっていたフードを引きちぎるようにして放り投げた。

夏子は思わず口元を両手で覆って、声を出すのをこらえた。沙耶花の顔には毒々しいペイントが施されていたからだ。歌舞伎のように、赤と黒と緑で力強く隈取りされた顔は、おどろおどろしい。肩まである髪は後ろで真っ赤なリボンで一本にまとめられているのでペイントの顔が強調されている感じだ。

「あたしのアイデア、ナイスでしょ」

隣で弓削さんが得意げな口調で言う。

「だってポッチョの顔って、どこから見たってレスラーって感じじゃないでしょ」

確かにそうだ。抜けるような白い肌に、儚げな眉、小さな唇に細い顎、力強さがどこにもない顔立ちだ。

「あんな夢見る少女、みたいなのを攻撃しちゃったら、相手が一方的にいじめてるみたいに見えちゃうでしょ。観客も引いちゃうしね、だからペイント施したの。デビュー戦の時もそう。だって学校にも内緒にしてるからね」

なるほど……それでようやくわかった。カンタベリーで大学生に声をかけられた時、沙耶花はなんでわかったんだろう、と首を捻っていたのだ。これくらい強烈な隈取りをしていたらまず沙耶花とはわからない。

「プロレスにはベビーフェイスとヒールがあるの。ベビーフェイスが善玉で、ヒールが悪役。あれ見ればどっちがどっちかがわかるわよね？」

リングアナが二人を紹介した後、リング中央に二人は歩み寄った。向き合って睨み合うかと思ったその瞬間、なんと沙耶花が口から真っ赤な液体をリンちゃんの顔面に向かって猛然と噴きかけた。夏子は唖然としてしまって声も出ない。突然大吐血したような光景だが、血じゃないことはもちろん夏子にもわかった。なにしろ、思い切り顔面めがけて噴きかけているのだ。完全にわざとだ。

「あ、あれ、何ですか？」

「ウフフ、いい演出でしょ」

弓削さんが満足げに微笑む。

「柘榴ジュースよ、リングに上がる時こっそり口に入れるの。毒霧攻撃っていうのよ」

それって攻撃なの？　反則でしょどう考えても。リング上では、突然の攻撃に、リンちゃんがひっくり返り、顔面を両手で覆ったまま転げまわっている。

「これもブック通りなの」

弓削さんが得意そうな声で言う。

「ブックってなんですか？」

「あ、つまり、台本ね。そういうシナリオなの」

え？　プロレスって台本があるの？

「でもこれって反則じゃないんですか？」

「反則も攻撃のうちよ。嘘も方便、病は気からって言うでしょ？」

何の話だ。

「だって、ポッチョ技ないから仕方ないのよ。まだ教えてないしね。チョップとキックしかできないから間が保たないの。最初に意表ついて攻撃させるっていうブックなのよ」

リング上では、転げまわるリンちゃんに対して、沙耶花が絶叫を上げながらキックを浴びせている。例によって「おらあ、こんの野郎おおお、立てえええ、このスベタがあ！」とまったくどもることなく奇声を上げている。あの品のいいご両親がこの光景を見たら気絶するかもしれない。いや、目の前で見ても信じられないだろう。何かがのりうつったような感じなのだ。

リンちゃんがよろめきながら立ち上がると、今度はその胸や顔面に沙耶花がチョップをかます。パワーがないのであまり痛くはなさそうだが、リンちゃんの体はチョップを喰らうたびに大きく揺らぐ。リンちゃんの体の動きがなめらかなのでわざとらしい感じはそれほどないが、あまり効いているようには見えない。沙耶花のチョップがのろすぎるのだ。五、六発ほどチョップを受け止めた後、リンちゃんはようやく反撃に出た。沙耶花のみぞおちに膝蹴りを見舞う。身体をくの字に折る沙耶花。そして肩を合わせると、リンちゃんはそのまま沙耶花を肩に担ぎ上げて静止した。弓削さんが言っていた、垂直停止式のブレーンバスターだ。おおっ、と観客からどよめきがあがる。

沙耶花はピンと伸ばした爪先を天井に向けたまま、一本の棒のようにサカサマになっている。観客が大きくどよめいているのがわかる。十秒、二十秒、三十秒……観客のどよめきは大きくなり、夏子も固唾を呑んで見守っていた。掌に汗が滲んでくる。

「リンちゃん、すごいパワー」

「すごいのはポッチョのほうよ。昨日も言ったけどこの技は下のほうはぜんぜん楽なの。上でバランス取ってるほうがずっときついのよ。頭に血が上って、調子に乗っているとと失神するからね。ちゃんとチェックはしてるの、あの状態で二人はこっそり会話してんのよ。『まだいける？』『うん、そろそろ』なんて」

夏子は噴きかけた。確かに頬を寄せるようにしているのだから、囁いても気づかれることはないだろう。でも、そんな筋書きがあること自体びっくりだ。

以上は過ぎ、観客の興奮は頂点に達している。それを見計らったかのように、リンちゃんはアクションを起こす。後ろに叩きつけるかと思いきや、抱きかかえるように沙耶花の身体を横抱きにすると、立てた膝に叩きつけた。沙耶花の身体がくの字に折れた。背骨が折れたかと思うほど仰け反る。

「ほら、ポッチョの体、タコみたいに柔らかいでしょ」

確かにすごい。骨がないみたいだ。間髪入れず、リンちゃんは倒れこんだ沙耶花の足首を両脇に抱えた。そしてそのまま回転を始める。ジャイアントスイングだ。

リング中央でリンちゃんはコマのように回転し、沙耶花はバンザイをしたまま振り回されている。軽いので風車のようにくるくる回る。赤いリボンで縛った髪が、遠心力で引っ張られている。観客は総立ちになって、「ジュウハーチ、ジュウキュー」と声を合わせて大合唱だ。もちろん弓削さんも立ち上がって、恍惚とした表情で合唱に加わっている。そして二十一回目でようやく、ふらふらになって停止した。リング上のリンちゃんは立っていることもままならず、千鳥足になっている。これは演技ではなさそうだ。

「頑張ったわね、二十回超え、ばっちりイったわ」

酔っ払ったように足元がおぼつかないリンちゃんに、ぴょこんと立ち上がった沙耶花が奇声を上げながらキックを見舞っている。その動きは、まったく酔ったところがない。フツウならありえない光景だろう。なにしろ技を掛けたほうがフラフラで、掛けられたほうはピンピンしているのだ。しばらくの間、沙耶花のキック攻撃が続いた。ようやくのことでバランスを回復したリンちゃんは、キックを受け止め、ボディスラムで沙耶花をリングに叩きつけた。沙耶花はリング上でバウンドしたかと思うと、中央で大の字になってしまった。足がピクッピクッと動いている。

「あの足のピクピクはね、ほとんど失神状態ですうって観客にアピってるのよ。かなり効いてます、って」

親切というか、芸が細かい。リンちゃんはコーナーに走ったかと思うと、助走を付けてコーナーのトップロープに駆け上った。さすが以前は新体操をやっていたというだけあって身体能力は尋常ではない。リンちゃんはコーナーポストに立って、人差し指を天に突きつけた。歓声が上がり、口笛が吹かれた。

そして後ろ向きのまま、跳んだ。嘘でしょ、そんなことができるのと、唖然とするような跳躍力だ。空中で身体を捻りながら宙返りし、そのままリング中央で伸びている沙耶花の喉の辺りに、自分の額を叩きつけた。

「あれ、ムーンサルト・プレスっていうのよ。女子でこの技ができるなんて岬くらいね。男子でもあんな高さではきめられない。たぶん、世界でいちばん美しいムーンサルトかも」

奇跡的な光景を目にして、弓削さんの言葉に夏子も無言でうなずいていた。

沙耶花はピクリとも動かない。そのままフォール。最後の物凄い大技に、観客も大歓声を上げていた。夏子の目もリングに釘付けになっていた。

「沙耶花、大丈夫かしら……」

「あれ、ぜんぜん当たってないのよ。顎と首の間狙ってヘッドバットしてるのよ。そこだと、当たったように見えるから」

カウントスリーが数えられ、レフリーはリンちゃんの右腕を取って高々と掲げた。沙耶花はしばらくリング上でピクピクしていたが、セコンドについていた先輩に抱き起こされて立ち上がった。そして観客に向かって頭を下げると、夏子のほうを見て、ペロッと舌を出した。汗をかいたペイントは半分ほど剝げかけて、素の沙耶花が半分だけそこにいた。

夏子はしばらく身動きもできなかった。胸が熱くなって、瞬きもできないほどだった。真剣勝負とか技の完成度とかそんなことはどうでもよかった。二人の動きが完璧にマッチして、胸を揺さぶるほどの波に飲まれていた。生きている、という気がした。もう長い間、自分が生きているという実感さえ持てずに時を過ごしていたのだ。

視線を感じて振り向くと、弓削さんがじっと見つめていた。

「あなた、昨日あたしが言ったうちのモットー覚えてる？」

夏子はうなずいた。

「言って御覧なさいな」

「強く楽しく美しく——ですよね」

弓削さんは夏子の目を見据えた。

「今のあなたは強くもないし、美しくもない。別にブスだって言ってるわけじゃない。

でも、美しくなろうと思ってない人間が美しくなれるはずがない。もちろん楽しくもない。そんな人間が、パーフェクトな復讐なんてできるわけがない」

その通りだ。夏子は無言でうなずいた。

「だからもっと賢くなりなさい」

「……どうすれば賢くなれますか？」

「あたしに聞かないで。自分の人生でしょ、自分で答えを見つけなさいな」

弓削さんは澄ました顔でそう突き放した。

「あたしはあなたの師匠じゃない。プロレスの技は教えることはできる、でも生き方なんて教えられない。自分だってわかってないんだから」

弓削さんは師匠と呼ばれたくない、と沙耶花が言っていたことを思い出した。

「人から自分はどう見られているのか、それとも、自分が周りの人をどう見るか、あなたにとってどっちが大事？」

と、弓削さんは言った。夏子は心臓をわしづかみにされたような気持ちになった。

「どっちが大事なんですか？」

「あたしが聞いてるのよ」

弓削さんはおかしそうに笑った。

「どっちが大事なのかあたしにもわからない。それも自分で決めることよ」

弓削さんは夏子に向き直った。

「ねえなっちゃん、ポッチョがリングに上がるまでどれくらい時間かかったか知ってる? 千日以上よ。部屋にこもって壁を睨みつけてるだけじゃ復讐なんてできないわ。あんなモノ握り締めてたってそれで復讐できるものでもない。さっきも言ったけど、復讐したいんだったら賢くなりなさい」

涙が出そうになった。が、夏子は歯を食いしばってそれに耐えた。どんなことがあっても二度と泣かないと決めたのだ。

「岬もそうだったわ。あなたと同じだった。でもあなたのほうがまだましよ。岬は心も体も壊れてたから。あなたは心が壊れてるだけ」

まだまし……。私よりましなことなんてあるのかと思っていた。でも、世の中にはいくらでもあるだろう。私が知らないだけだ。リンちゃんや沙耶花と出会ってそれがわかった。私はただ影を踏まれたようなものだ。影を踏まれて痛い苦しい生きていけない、ともがいていただけかもしれない。実際の実在の私はここにいるこの私だ。他人が私の影をどう見てどう思おうが関係ない。そう毅然としていられるだけの強さを持てるようになりたい。持とう。持ちたい。沙耶花とリンちゃんの試合を見て、そう思った。

「下劣で汚らしい行いをされたからといって、自分までその色に染まることはない。

自分の世界をそんなことで乱されないビジョンを持ちなさい。そして、最大最高の復讐は、自分が強く楽しく美しくなることだと知りなさい、……なーんちゃって」

夏子は思わずうなずいていた。リンちゃんが言っていた言葉の意味がようやくわかった。あのカラフルゴリラ、ペテンにかけやがって……。

弓削さんは面白そうな顔で夏子を見ていたが、不意に鼻をくんくんさせると、足元に置いてあるバッグを指差した。

「ね、なんか変なにおいがするんだけど、そのバッグ」

「あ！」

すっかり忘れていた。バッグの中からビニール袋を取り出す。一昨日買ったトマトはどろどろになっていた。炎天下三日も持ち歩き、落としたり押し付けられたりしたのだから当たり前だ。形状をとどめないほどぐしゃぐしゃになって、泡を吹いている。沙耶花と再会して以来、すっかり忘れていたのだ。

「あらやだ」

弓削さんがおばちゃんのような口調で言って顔をしかめた。

「もうちょっと、それ、腐ってるじゃない。さっさと捨てちゃいなさいな」

13 プールサイド *Poolside*

更衣室に向かった。沙耶花はもうシャワーを浴びたらしくすでにTシャツに着替えていた。ペイントもすっかり落ちている。

「あ、なっちゃん、ど、ど、どうだった?」

「サイコーだった。胸が震えるくらい」

本心だった。

「う、うれしい!」

そう言うと、はにかむような笑顔を浮かべながら、鏡台に置いてある花束を差し出してくれた。

「はいっ、これ。お誕生日おめでとう!」

夏子は何も言えずに黙ってそれを受け取った。胸が焼けるように熱くなった。それはうれしさのためではない。痛みのせいだった。

一昨日、駅前で再会した時、沙耶花に対してなんの関心ももたなかった。喉がカラカラで炭酸系の飲み物がほしくて付き合っただけで、飲んだらさっさと別れようと思っていた。その時、一瞬だけだが、この子はフリってるんじゃないかという考えが頭をよぎったのを思い出した。過去の恨みを晴らそうとしているんじゃないかと。そんなことを一瞬でも思った自分がたまらないほど浅ましく、惨めで、そして汚らしく思えた。あれが一昨日のことなのだ。時間の流れの不思議さに目まいがするほどだ。

「ねえ沙耶花、どうして私にこんなに……」

その後の言葉が出てこない。言えない。でも何とか言った。

「こんなに親切にしてくれるの？」

沙耶花はいつも通りにこにこしている。

「だ、だって、なっちゃんは私の命の恩人じゃない？」

「え？」

沙耶花が何を言っているのかわからなかった。

「お、憶えてる？　ろ、六年生の夏、私が学校のプールにお、落ちて溺れかけた時のこと。その時プ、プールに飛び込んで私を助けてくれたじゃない」

忘れていた記憶がよみがえった。確かにそんなことがあった。でも沙耶花はまちがっている、と夏子は思った。少なくとも正確ではない。この子はプールに落ちたんじゃない、突き落とされたのだ。水泳の合同授業の時、プールサイドからエリサに突き飛ばされたのだ。その前に、塔子がみんなに目配せをして合図をしたから、それを私も周りもわかっていて知らん振りをしていたのだ。泳げないのをわかっていて、おもしろがってやったのだ。犬のようにばしゃばしゃやっているその様子がおかしくて、みんなは腹を抱えて笑っていた。なにしろプールの縁はすぐそばなのだ。冷静に手を伸ばせば届く距離だ。それなのに犬掻きして自分から中央のほうに寄っていく。ばっかじゃない？　自分で真ん中寄っちゃってんの。みんなでゲラゲラ笑っていた。

　もちろん夏子もその中の一人だった。六歳の頃から水泳をやっている夏子は、泳げないということがよくわからなかった。泳ぐのは、歩いたり走ったりするのと同じ感覚だったからだ。沙耶花は必死に浮き上がろうと水面を叩いていたが、そのうち沈み始めて、突然、動きをやめた。捨てられた人形のように、身動き一つせず水面に浮かんでいた。

　その瞬間、無意識で夏子はプールに飛び込んでいた。沙耶花の身体を右手で引き寄せると、左手で二掻きして縁まで運んだ。事態をようやく覚（さと）ったらしく、みんなはぐったりした沙耶花を総出で引っ張り上げた。夏子は跳躍して自力で上がると、ピクリともしない沙耶花の顔を覗き込んだ。息がない。血の気が引いた。反射的に、彼女の胃のあたりを両の掌で強く押していた。次の瞬間、沙耶花の口から大量の水が吐き出され、咳き込み始めた。張り詰めていた空気がその瞬間に解けた。何もかも一瞬の出来事だった。その場にいた全員が、助かったと胸を撫で下ろしたのがわかった。もちろん、沙耶花のことではない。自分たちが助かった、と思ったのだ。夏子も含めて。

「ヤバっ、大塚だ」

エリサの切羽詰まった声に顔を上げると、大塚先生がやって来るのが見えた。機転の利く塔子が素早く立ち上がった。

「ごまかしておくから、向こうへ、早く！」

そう言って顎を更衣室のほうにしゃくる。夏子は沙耶花の肩を抱いて立ち上がった。ぐったりはしていたが沙耶花はなんとか自力で立つことはできた。でも歩けそうもないので、肩を沙耶花の脇に差し込んで、引きずるようにして更衣室に移動した。

「あー、センセー、沙耶花さんちょっと具合悪いみたいでーす、ちょっとゲロ吐きに行ってまーす」

エリサが言ってみんなが笑うのが聞こえた。更衣室に入ると、ベンチに座らせた。薄暗い部屋の中で沙耶花の顔は蠟のように白く、身体は小刻みに震えていた。夏子は自分のタオルを引っ張り出してきて、沙耶花の身体に巻いてあげた。そして背中を摩ってあげた。外ではセミの声が響いていた。

悪いことをしてしまった、という気持ちはあまりなかった。いや、ほとんどなかったといっていい。大事にならずにすんでよかった、という安堵感のほうがずっと大きかった。もしホントに溺れてしまっていたら笑い事ではすまないというのは子どもにもわかっていたからだ。その虚脱感のせいで、放心状態の沙耶花と同じような顔をして背中を機械的に摩り続けていた。

「あ、あの時、更衣室に運んでくれてずっと背中を摩ってくれたじゃない？　バスタオルを巻いてくれて、だ、抱いていてくれたじゃない？　私、あの時のことを、い、今でもはっきり覚えてるんだ。い、一生忘れないと思うよ」

胸が潰れるような気持ちだった。顔が上げられない。恥ずかしさと惨めさでこの場から消滅してしまいたい。罪悪感に押しつぶされそうだった。違う、あなたはまちがっている。私はあの時、みんなと一緒になって笑ってたんだ。エリサが後ろから突き落とすのもわかってたんだ。あなたが犬みたいにバシャバシャやっているのを、みんなと一緒に腹を抱えて笑ってたんだ。プールに飛び込んだのは無意識の反応だ。そしてそれはあなたを助けるというよりは、大事になるのを防ぎたかったから、それだけなのだ。そしてそんなことをほとんど忘れていた、思い出すのもいやだったからだろう。人は勝手だ、自分に都合の悪い記憶は消し去ろうとするものなのだ。

「なっちゃん、ありがとう、あ、あの時は子どもだったから、ちゃ、ちゃんとお礼も言えなかったけど」

一つ涙が零れ落ちると、もう止まらなかった。顔面がぐにゃりと歪むのをどうすることもできない。今の私はきっと人間の顔をしていないだろう。醜く捩れた夜叉の顔だ。こんな顔は誰にも見せられない。

夏子は床に膝を突いて、沙耶花の身体を引き寄せると、みぞおちの辺りに顔をうずめて抱きしめた。あの時と同じように、華奢すぎる腰回りだった。

「沙耶花、ごめん、ごめん、ごめん、ホントにごめん……」

それしか言葉が出てこない。私は人間として生きていく価値なんかない。生きていく資格なんかない。私がその数年後に受けた仕打ちは当然の報いだ。神様はちゃんと見てたんだ。だから私に死ぬほどの苦しみを与えたんだ。それは受けるべき当然の天罰だったんだ。

沙耶花は一瞬だけ固まり棒立ちになったが、夏子の頭をそっと抱くと髪を優しく撫でてくれた。そうやって夏子は長いあいだ小さな子どものように泣きじゃくっていた。あの時と同じように、遠くでセミの声が聞こえていた。

エピローグ　*Epilogue*

大きなバッグを肩にして、リンちゃんと一緒に駅への道を急ぐ。もう八月も終わりだというのに暑さは一向に弱まらない。汗が首筋を伝っていき、長い髪に張り付いてべとべとする。

「そうだ、リンちゃん、髪切ってくんない？」

「なんだ、失恋でもしたのかよ」

冷やかすように言ってリンちゃんはニヤッと笑った。失恋ができる人は幸運な人だ、私はその前の段階さえ踏んでないと夏子は思う。一瞬、完太の顔が頭に浮かんだ。

「いいけどさ、髪切ったくらいで何かが変わるなんて思うなよ。そんな安易（あんい）なもんだったら、オレは毎週坊主にしてるよ」

「そんなこと思ってないよ。練習の時に邪魔なだけ、暑いしさ。もう半年くらい美容室行ってないんだ」

翠色の南風が吹いてきて、首筋を抜けていった。雨上がりの空は目にしみるほど青い。

「どんくらい切りゃいいんだよ。なんなら、ラーメンマンみたいにしてやろうか？」

やだ、と夏子は即座に返した。ラーメンマンがどんな髪形をしているのか知らないが、リンちゃんの口ぶりからするとどうせろくな髪形じゃない。

「長い三つ編みにできるし、かわゆいんじゃないか？　ナチョスに似合うと思うけどな」

リンちゃんのいじりにはもう慣れた。こういう場合はスルーしておくに限る。

「どうせだからうんと短く。リンちゃんよりもっと短く」

「まあそれはいいけどさ、そんで、お前いつやるの？　それとももうやんないのか？」

リンちゃんがニヤニヤしながら言う。もう何十回言われたことか。心をえぐるようなことを言われているのに、むっとするだけでそれほど腹を立てているわけではない自分に驚く。

「やるよ、やるにきまってんでしょ。でも私はハンパなことはしたくないの。パーフェクトにやらなきゃ意味ないの」

「お前も一句詠まれたんだ」

リンちゃんが噴き出しながら言う。

「『復讐は　完璧　完全　心ゆくまで』ってやつだろ」

確かにペテンだ、あのカラフルゴリラのペテンかもしれない。それでもいい。あれにならペテンをかけられるのも悪くない気がした。

「リンちゃんこそいつまでぐずぐずしてんのよ」

「ぐずぐず？　アホ抜かせ、オレはちゃんと準備してんだよ。ナチョスと一緒にすんな、ばーたれが」

そう言ってリンちゃんは舌を出した。最大最高の復讐は、自分が強く楽しく美しくなること——あの時弓削さんはそう言った。リンちゃんを見ていると、それが正しいことなのだと心の底からよくわかる。

リンちゃんはにやにやしていたが、ふと、真面目な顔になってこう言った。

「なあ、ナチョス、もう水泳はやんないのか？」

夏子はバッグを右肩から左肩に持ち替えた。

「オレはお前にこっち側に来てもらいたいけどさ、お前はまだ水泳に未練がありそうな感じだしさ」

ないよ、とすぐに言い返せずに夏子は黙っていた。自分が何をしたいのか、何ができるのか、まだ決められない自分がいる。でも、もう怖くはない。賢くなって、強さを身につければきっと何かが見えてくるはずだ、そういう確信があった。

「ま、しばらくリハビリしてから考えりゃいいさ。メンタルのリハビリも大事さ。あんな化け猫みたいな目つきしてたんだからな」

リンちゃんはケラケラと笑った。

「化け猫って、いくら何でもひどくない？」

「いや、ひどくない。だってナチョス、マジ化け猫みたいな目してたぞ」

知ってる……口には出さずにそう思った。不意に、あの時神社の境内で蹴とばしてしまったチャトラを思い出した。今度謝りに行かなきゃ……。謝らなきゃならない人が他にもたくさんいる。

リンちゃんは隣で『ゲゲゲの鬼太郎』の替え歌を口ずさんでいる。

「……ナチョスは寝床でグーグーグー」

「ねえリンちゃん、いいかげん、そのナチョスっていうのやめてくんない？」

「だって、夏子って呼びづらいじゃん、噛むんだよ。早く弓削さんに付けてもらえよ、リングネーム」

そういえば弓削さんにプレゼントをもらっていない。いや、もうもらったのかもしれない。プレゼントはモノだけとは限らない。

「まだ早いって。沙耶花は三年以上もかかったんでしょ、付けてもらえるまで」

「なんならオレが付けてやろうか？　そうだな……バタフライ・ナチョスとかどうだ？」

夏子は思わず噴き出しそうになった。心が張り裂けそうな記憶のはずなのに、笑い出しそうになっている自分がいる。もうそれしきのことで、私の心はえぐられない。もうそれしきのことで、私の心をえぐらせない。

「やだよ、そんなの。弓削さんに付けてもらうんだから。リンちゃんはほっといて」

「でもナチョス、お前さすがに水泳で鍛えてただけあるよ。動きが光ってるし、キレがある。それに器用だしさ。技を覚えて、スタミナが元に戻ればオレと互角に戦えるようになるかもな」

「そうかな？」

思わず笑みがこぼれる。お世辞を言わない人だけに、その言葉にうれしくなる。

「うん、上達がメッチャ早いよ。あのエノキダケとは大違いだ」

夏子はたまらず本当に噴き出してしまった。笑いが止まらない。身体をくの字に折って笑い転げた。

「エノキダケって……」

涙を拭いながらリンちゃんを横目で睨む。

「それひどすぎだって」

「何言ってんだ、腹抱えて笑ってる奴のほうがひでえだろうが」

それは言えてる。でも沙耶花のことを馬鹿にして笑ってるわけじゃない。沙耶花は私の何倍も強い、だから安心して大笑いすることができるのだ。

「でもさ、ようやくお前、笑うようになったな。前は顔が錆びてたぞ」

そうかもしれない。もう何か月も、声を上げて笑ったことなんかなかったのだ。それが今はリンちゃんや弓削さんの台詞、そしてボケるつもりのまったくない沙耶花の天然ボケに、転げ回るほど大笑いしているのだ。たぶん、私はもう大丈夫だ。今、リトマス試験紙を舐めても赤くはならないだろう。もっとも、もうリトマス試験紙なんて必要ない。そんなもので測らなくてはならないほど惨めな自分は振り切った。何を見て、何を見ないかは自分で決める。決めることのできる賢さを身につけたい。何をして何をしないか、判断に迷わない強さを持ちたい。

「げ、もうすぐ二時だぜ」

腕時計を見ながらリンちゃんが駆け出した。夏子も慌ててその後を追う。

「は、早く早く、お、おくれちゃうよ」

待ち合わせのカンタベリーの前では沙耶花が手を振りながら飛び跳ねている。

「じ、時間もう過ぎてるよ、も、もう、だ、だ、だめかな?」

「もうだめなわけないだろ」

リンちゃんが沙耶花の腕を取った。

「だめじゃないだめじゃない」

夏子も反対側から腕をからめて手を握った。おたおたしている沙耶花を挟んで、三人はカンタベリーに突進していった。

本作品は当文庫のための書き下ろしです。

本作品はフィクションであり、実在の個人・団体などとは一切関係がありません。

文芸社文庫

バタフライは笑わない

二〇一九年十一月十五日　初版第一刷発行

著　者　北川ミチル
発行者　瓜谷綱延
発行所　株式会社　文芸社
〒一六〇-〇〇二二
東京都新宿区新宿一-一〇-一
電話　〇三-五三六九-三〇六〇（代表）
〇三-五三六九-二二九九（販売）
印刷所　株式会社暁印刷
装幀者　三村淳

ISBN978-4-286-21133-6